HEYNE <

Das Buch

Mit gerade mal Anfang vierzig haben sich bereits sämtliche Träume Nagores in Luft aufgelöst: die Ehe zerbrochen, die Künstlerkarriere kurz vor dem Aus und auf dem Bankkonto gähnende Leere. Als ihr ein Job als Kellnerin in einem Katzencafé vermittelt wird, bleibt ihr nichts anderes übrig, als ihn anzunehmen – obwohl Nagore nicht gerade eine Katzenliebhaberin ist. Doch zu ihrer großen Überraschung dauert es nicht lange, und sie freundet sich mit Yumi, der Besitzerin des Cafés, und den sieben Katzen an. Als eines Tages der attraktive Marc im Café auftaucht, wird Nagore plötzlich klar: Man braucht nicht sieben Leben, um glücklich zu werden – eines genügt völlig!

Die Autorin

Anna Sólyom wurde in Budapest geboren und hat einen Abschluss in Philosophie. Im Jahr 2012 zog sie nach Barcelona, wo sie seitdem lebt. Neben dem Schreiben arbeitet sie als Therapeutin, und ihre Leidenschaft ist es, anderen dabei zu helfen, ihr Gleichgewicht und ihre innere Stärke zu entdecken. Zudem arbeitet sie für eine Fachzeitschrift und hat bereits ein Sachbuch veröffentlicht, das in mehrere Sprachen übersetzt wurde. »Das Café der weisen Katzen« ist ihr erster Roman.

ANNA SÓLYOM

DAS CAFÉ DER WEISEN KATZEN

Roman

Aus dem Spanischen von Anja Rüdiger

WILHELM HEYNE VERLAG
MÜNCHEN

Die Originalausgabe *Neko Café. No necesitas 7 vidas – puedes ser feliz en esta*
erschien 2020
bei Catedral, Barcelona

MIX
Papier aus verantwortungsvollen Quellen
FSC® C014496

Penguin Random House Verlagsgruppe FSC® N001967

Vollständige Taschenbuchausgabe 05/2021

Printed in Germany
Satz, Druck und Bindung: GGP Media GmbH, Pößneck
ISBN: 978-3-453-42529-3

www.heyne.de

Du brauchst keine 7 Leben
– du kannst in diesem glücklich sein –

Für alle Katzen.
Danke, dass es euch gibt.

Ich habe mit mehreren Zenmeistern gelebt –
alles Katzen.

ECKHART TOLLE

1.

Nächtliche Serenade

In den arabischen Ländern und in der Türkei haben Katzen sechs Leben, in Hispanoamerika und Portugal sieben und neun dort, wo die Sprache Shakespeares gesprochen wird. Aber wozu braucht eine Katze so viele Leben?

Ein altes englisches Sprichwort erklärt dies folgendermaßen:

In den ersten drei spielt sie.
In den nächsten drei streift sie durch die Straßen.
Und in den letzten bleibt sie zu Hause.

Bis Nagore zum ersten Mal das Neko Café betrat, hatte sie keine Ahnung von Katzen, dafür aber das Gefühl, selbst kein Leben zu haben. Nicht ein einziges. Denn das Leben, das sie gerade führte, konnte als solches nicht bezeichnet werden.

Alles begann in einer Nacht, in der es erstickend heiß war. Nachdem sie sich lange Zeit schwitzend im Bett hin und her gewälzt hatte, war sie endlich eingeschlummert. Doch nach gerade mal einer Stunde Schlaf wurde sie von einem durchdringenden Angstschrei geweckt.

Zuerst dachte Nagore, dass dieser in der Tiefe eines dumpfen Albtraums erklungen war. Also drehte sie sich im Bett um und wollte weiterschlafen. Sie war einfach zu müde, um schon in die Welt zurückzukehren. Noch nicht …

Da hörte sie es wieder, und an Schlaf war nicht mehr zu denken. Es schien das Quäken eines kleinen Kindes zu sein, das untröstlich weinte, ohne dass jemand da war, um es zu trösten.

In dem Versuch, den Lärm zu dämpfen und wieder einzuschlafen, bedeckte Nagore den Kopf mit dem Kissen. Doch das nutzte nichts, denn zu der ersten Stimme gesellte sich noch eine zweite, deutlich aggressivere.

In dem Moment begriff Nagore: Die verdammten Straßenkatzen lieferten sich einen ihrer nächtlichen Kämpfe genau unter ihrem Fenster, und der Innenhof verstärkte die Geräusche wie ein Lautsprecher.

»Wie sehr ich den Sommer hasse!«, murmelte sie todmüde. Hätte sie eine Klimaanlage, dann hätte sie das Fenster geschlossen, um sich diese Tortur zu ersparen. Aber das war nicht der Fall. Also musste das Fenster offen bleiben, damit sie in der schwülen Hitze atmen konnte.

Der dissonante Chor setzte die nächtliche Quälerei fort, was sich anhörte wie das verzweifelte Geschrei allein zurückgelassener Babys. Bis eine der Katzen besonders laut brüllte, worauf der Gegner mit einem drohenden Fauchen reagierte.

Nagore richtete sich wütend auf. Im Bett sitzend hätte auch sie aus Verzweiflung am liebsten laut miaut, doch sie wollte ihre schlaflosen Nachbarn nicht noch mehr stören.

Ein weiterer Kriegsschrei bohrte sich wie ein Dolch in ihr Gehör. Das war mehr, als sie ertragen konnte! Ohne das Licht im Zimmer einzuschalten, nahm sie das mit Wasser gefüllte Glas von ihrem Nachttisch und kippte es draußen vor dem Fenster aus.

Ein abruptes Miauen, gefolgt vom dumpfen Poltern eines umfallenden Blumentopfs ließ darauf schließen, dass sie einen Volltreffer gelandet hatte.

Mit den Nerven am Ende, lehnte sie sich ans Kopfende ihres Bettes und schaltete die olivgrüne Nachttischlampe ein. Inzwischen hellwach, griff sie nach ihrem Smartphone, um zu sehen, wie spät es war. Das gesprungene Display zeigte fünf nach drei, und der kleine digitale Umschlag daneben verkündete, dass sie eine Textnachricht erhalten hatte.

Sie kam von ihrer Bank.

Äußerst beunruhigt machte sie eilig das Licht aus, als ob das Bankpersonal sie so nicht sehen könnte. Was ein äußerst dummer Gedanke war, denn die Bankangestellten schliefen gerade sicher tief und fest in ihren dank der Klimaanlage auf angenehme zweiundzwanzig Grad heruntergekühlten Zimmern.

Hiermit teilen wir Ihnen mit, dass für den folgenden Werktag der Einzug eines Rechnungsbetrages vorgesehen ist, der das derzeitige Saldo auf Ihrem Konto übersteigt. Bei diesbezüglichen Fragen wenden Sie sich an das Personal in Ihrer Bankfiliale.

Nervös loggte sich Nagore auf der Webseite der Bank ein, um den Stand ihres Kontos zu überprüfen und festzustellen, welches Ausmaß die Katastrophe hatte. Bei dem Betrag, der dort aufgeführt war, zog sich ihr Herz zusammen: Nur dreiundzwanzig Euro standen zur Begleichung ihrer Telefonrechnung von über hundert Euro zur Verfügung.

»Scheiße!«, entfuhr es ihr in der Dunkelheit, während sie darüber nachdachte, wieso die Rechnung so hoch war. Ihr Telefon- und Internettarif kostete fünfundfünfzig Euro. Außerdem hatte sie einmal kurz mit zwei Freundinnen in London telefoniert und einmal in Marrakesch angerufen und hätte nie gedacht, dass sich das zu einer solchen Hammerrechnung summieren könnte.

Entrüstet, wie sie war, hätte sie am liebsten sofort bei ihrem Telefonanbieter angerufen, doch sie wusste, dass sie sich dann mit irgendeiner Automatenstimme oder dem Mitarbeiter eines Callcenters am anderen Ende der Welt auseinandersetzen musste, was ihre Laune nicht gerade verbessert hätte.

Sie legte das Handy wieder auf den Nachttisch, schlang die Arme um ihre angezogenen Knie und starrte in die Dunkelheit, um den Aufruhr in ihrem Gehirn zu beruhigen. Inzwischen hatte sie ein halbes Dutzend erfolglose Vorstellungsgespräche hinter sich. Seit sie die Galerie und damit auch Owen verlassen hatte, hatte sie eindeutig eine Pechsträhne.

Ohne dass sie es merkte, liefen ihr die Tränen über die Wangen.

Sie könnte ihre Eltern um Hilfe bitten, aber das wäre ein allzu heftiges Armutszeugnis. »Jetzt sitze ich hier ohne Job, ohne Geld und ohne einen Mann an meiner Seite … nur mit Schulden und diesen furchtbaren Katzen im Innenhof, die mich nicht schlafen lassen«, sagte sie sich, während sie nachrechnete, dass sie in nur fünf Monaten vierzig Jahre alt werden würde.

Nagore hatte das Gefühl, in ein schwarzes Loch zu fallen, das unaufhaltsam ihre ganze Existenz mit seiner Leere füllte.

Um auf andere Gedanken zu kommen, dachte sie an einen weit zurückliegenden Sommer, in dem sie mit ihrer Kommilitonin Lucía einen Campingurlaub gemacht hatte. Zwei verrückte Grafikdesign-Studentinnen, die auf der Suche nach dem Heiligen Gral Somerset im Süden Englands durchquert hatten.

Genau in diesem Moment vibrierte ihr Smartphone zweimal, und das Display erhellte die Dunkelheit.

Nachdem Nagore, um endlich einschlafen zu können, ihr Handy ausgeschaltet hatte, fragte sie sich, wer, zum Teufel, ihr mitten in der Nacht eine WhatsApp geschickt hatte.

2.

Die Katze im Sack

Das laute Klingeln ihres Festnetztelefons riss Nagore brutal aus ihren Träumen. Sie hatte gerade mal ein paar Stunden geschlafen, weshalb sie in der Hoffnung, dass der Anrufer auflegen würde, erneut den Kopf mit dem Kissen bedeckte. Das Festnetztelefon befand sich im Wohnzimmer, weil die Anrufer, die diese Nummer wählten, ihr in der Regel nur irgendwelche wunderbaren Telefontarife andrehen wollten.

Als das Klingeln endlich aufhörte, seufzte sie erleichtert. Doch während sie gerade wieder friedlich wegdämmerte, torpedierte eine erneute Klingelsalve ihre Ruhe.

Sie verstand, dass der gerade diensthabende Callcenter-Mitarbeiter so leicht nicht aufgeben würde, und verließ ihr Schlafzimmer, wobei ihr bei jedem Schritt schwindelig wurde, als ob sie sich an Deck eines schwankenden Schiffes befände.

Ihr erster Impuls war, den Apparat auszustöpseln und wieder ins Bett zu gehen, doch der Schatten eines Zweifels ließ sie erst noch zum Telefon greifen.

»Nagore! Bist du dran?«

Es war mehr als zwei Jahre her, dass sie diese frische, energische Stimme zuletzt gehört hatte, sodass sie den frühen Anruf um halb neun am Morgen sofort verzieh.

»Lucía … Gerade gestern hab ich an dich gedacht.«

»Hast du meine WhatsApp gelesen?«

»Nein, noch nicht. Ich hab geschlafen. Na ja, versucht zu schlafen. Was ist passiert?«, fragte sie alarmiert. »Ist jemand gestorben?«

Ein glockenhelles Lachen am anderen Ende der Leitung verriet ihr, dass sich ihre Freundin nicht verändert hatte.

»Klar ist jemand gestorben, jeden Tag sterben Leute«, sagte Lucía philosophisch. »Aber ich rufe an, weil ich gute Neuigkeiten habe … Vor ein paar Tagen hat mir Amanda von irgendeiner Hütte im Atlasgebirge aus geschrieben. Wir haben uns ein paar Anekdoten aus der Studienzeit in Erinnerung gerufen und Neuigkeiten ausgetauscht. Ich weiß, dass ich mich in letzter Zeit ziemlich rar gemacht habe. Entschuldige, dass ich mich so lange nicht gemeldet hab. Aber so ein Baby saugt wie ein schwarzes Loch sämtliche Zeit auf.«

»Das kann ich mir vorstellen«, sagte Nagore mit plötzlicher Traurigkeit. »Ich würde ihn gern mal sehen, deinen kleinen …«

»Saúl. Er heißt Saúl.«

Nagore wollte sich gerade entschuldigen, doch Lucía unterbrach sie mit ihrer fröhlichen Stimme:

»Keine Sorge! Du wirst ihn sehr bald kennenlernen.«

»Bis vor Kurzem wäre es mir gar nicht möglich gewesen, da ich die letzten zehn Jahre ja in England gelebt habe und erst vor ein paar Monaten zurückgekehrt bin, weil … Das spielt jetzt keine Rolle. Was ist die gute Nachricht?«, fragte Nagore, ohne ein Gähnen unterdrücken zu können.

Sie erwartete eine Neuigkeit in der Art von »Ich bin zum zweiten Mal schwanger« oder »Ich heirate und möchte dich zur Hochzeit einladen«, doch stattdessen erklärte das optimistischste Mitglied des Trío Calavera, wie sie nach dem Vorbild des gleichnamigen mexikanischen Gitarren- und Gesangsduo in der Uni genannt wurden: »Das muss ich dir persönlich sagen. Soll ich bei dir vorbeikommen? Ich muss bis zehn im Büro sein, aber wir könnten vorher zusammen einen Kaffee trinken.«

Mit immer stärker werdenden Kopfschmerzen sah Nagore sich in dem heillosen Durcheinander ihres Wohnzimmers um und sagte: »Lieber in dem Café am Markt. In zwanzig Minuten kann ich da sein.«

»Super!«

Eine schnelle Dusche und fünfzig Schritte später umarmte Nagore ihre Freundin. Deren überschäumende Energie ließ sie sich noch schwächer und abgeschlaffter fühlen.

Erneut kam ihr der Gedanke, dass sie besser im Bett geblieben wäre, aber sie kannte Lucía gut genug, um zu wissen, dass die Freundin sie nicht so leicht hätte entkommen lassen. Denn trotz ihres guten Herzens war Lucía äußerst starrköpfig und unerbittlich. Sie hatte sich in den Kopf gesetzt, dass sie sich um neun Uhr sehen würden, und dann musste das so sein, auch wenn sie dafür Nagores Wohnungstür hätte eintreten müssen. Es brachte nichts, sich zu wehren, wenn Lucía sich einmal etwas in den Kopf gesetzt hatte.

»Zwei Gläser Orangensaft und zwei Tassen Kaffee«, bestellte sie, ohne Nagore zu fragen. »Und wir teilen uns eines von diesen köstlichen Bocadillos.«

»Nun mal langsam«, bat Nagore erschreckt. »Ich hab nur ein paar Euros dabei. Wir haben uns lange nicht mehr gesehen, aber ich muss gestehen, dass ich gerade ziemlich abgebrannt bin.«

»Das weiß ich doch, du Dummerchen. Amanda hat mir erzählt, dass du nicht viel Glück bei der Jobsuche hattest. Keine Sorge, ich lade dich ein. Denn wir haben etwas zu feiern! In jedem Fall dürften deine finanziellen Probleme bald der Vergangenheit angehören.«

»Ach ja?«, fragte Nagore zweifelnd.

»Ganz bestimmt, deshalb wollte ich dich ja unbedingt sehen. Denn die gute Nachricht ist, dass ich durch einen Wink des Schicksals einen Job für dich gefunden habe.«

Leicht überfordert sagte sich Nagore, dass das alles für ihren gemarterten Kopf gerade viel zu schnell ging.

»Wirklich?«, stammelte sie erstaunt. »Um was geht es denn?«

Lucía biss in ihr halbes Lachs-Bocadillo und trank einen Schluck Saft, bevor sie antwortete: »Es ist vielleicht nicht der Job, von dem du geträumt hast, aber er wird es dir ermöglichen, deine Rechnungen zu bezahlen und noch etwas mehr. Beim nächsten Mal kannst du mich ja dann zum Frühstück einladen«, sagte sie zufrieden lächelnd.

»Und wieso bist du dir so sicher, dass ich den Job bekommen werde? Ich nehme mal an, dass es ein Vorstellungsgespräch geben wird und … Und anscheinend hab ich das Gesicht eines Versagers, denn bisher bin ich überall abgelehnt worden.«

»Diesmal nicht … wobei du deine zukünftige Chefin natürlich erst kennenlernen musst.«

»Woher weißt du, dass es diesmal klappen wird?«

»Ich hab so eine Ahnung.«

Lucía trank ihren Kaffee in einem Schluck aus und tupfte sich mit der Serviette den Mund ab. Dann legte sie ihre zierlichen, schlanken Hände auf den Tisch und sah Nagore direkt in die grünen Augen. Offensichtlich war die Zeit der Scherze vorbei, und Lucía wollte nun ernsthaft mit ihr reden.

»Dass du bisher keine Arbeit gefunden hast, liegt nicht an deinem Alter, mein Schatz. Vielleicht ist das Problem, dass du nicht weißt, was du willst, und derjenige, der entscheiden muss, ob du die richtige Kandidatin bist, merkt das.«

Nagore seufzte irritiert. Nachdem sie sich zwei Jahre lang nicht gesehen hatten, hatte Lucía eigentlich nicht das Recht, sie zu kritisieren.

»Aber ich hab die perfekte Lösung für dich gefunden«, fuhr sie fort. »Eine japanische Freundin von mir ist nach Barcelona gezogen und sucht jemand Vertrauenswürdigen für das Café, das sie gerade eröffnet. Für den Anfang kann sie dir tausend Euro zahlen, zuzüglich Sozialversicherung, Urlaubsgeld und so weiter.«

Der Kellner, der sie bedient hatte, schien die Ohren zu spitzen. Nagore dachte, dass er womöglich weniger verdiente als das, was ihr gerade geboten wurde.

»Ich hab keine Erfahrung als Kellnerin. Sie wird gleich merken, dass ich für diese Arbeit nicht tauge.«

»Natürlich taugst du dafür!«, sagte Lucía und wuschelte ihrer Freundin durch das kastanienfarbene Haar. »Es ist eines von diesen Cafés, in denen die Gäste nicht länger als eine Stunde bleiben, um etwas zu trinken. Und ich glaub, es ist gerade mal Platz für fünfzehn Leute. Yumi braucht jemanden wie dich, der gut Englisch spricht, weil sie selbst keine andere Sprache beherrscht. Außer Japanisch natürlich.«

»Das hört sich gar nicht schlecht an«, entgegnete Nagore deutlich entspannter. »Wo befindet sich denn dieses Café? Und wie sind die Arbeitszeiten?«

»Es liegt etwa zehn Minuten von hier entfernt. Yumi hat mir gesagt, dass du von zwei Uhr nachmittags bis halb neun abends arbeiten würdest, an sechs Tagen pro Woche, einschließlich Samstag. Sie erwartet dich heute Nachmittag, weil sie am Montag offiziell eröffnen will.«

Von den Ereignissen überrumpelt, dachte Nagore, dass ihr immerhin noch das Wochenende blieb, um sich an den Gedanken zu gewöhnen. Sechs Tage in der Woche einen Job zu machen, in dem sie noch nie gearbeitet hatte, würde nicht leicht sein, aber es war immer noch besser, als auf der Straße zu landen, weil sie die Miete nicht bezahlen konnte. Falls sie sich nicht so dämlich anstellte, dass sie den Job gleich wieder verlor.

»Wenn du Yumi gefällst, wird sie dir anbieten, einen Monat auf Probe zu arbeiten«, erklärte Lucía, »um dir danach einen unbefristeten Vertrag zu geben. Ich weiß, dass es nicht dein Lebensziel ist, Kaffee und Kuchen zu servieren, aber es wird dir aus der Klemme helfen, bis du etwas Besseres gefunden hast. Und ich empfehle dir, dich zusammenzureißen, wenn du nicht gleich wieder bei null anfangen willst.«

»Wieso sagst du das?«, fragte Nagore verärgert. »Du weißt doch, dass man mit mir gut auskommen kann … jedenfalls meistens. Oder hab ich was verpasst?«

»Na ja … Tatsächlich gibt es da etwas, was ich noch nicht erwähnt habe.«

»Was?«, fragte Nagore in der Befürchtung, dass ihre Freundin sie in irgendeine verrufene Spelunke schicken wollte.

Lucía lächelte nervös, bevor sie gestand: »Nagore, das ist ein Katzencafé.«

3.

Du hast Ailurophobie, meine Liebe

Nachdem Lucía gegangen war, verbrachte Nagore die folgende halbe Stunde damit, auf ihre leere Kaffeetasse zu starren. Das Gelächter einer gerade eingetroffenen Gruppe Bauarbeiter bildete einen krassen Gegensatz zu ihrer düsteren Stimmung.

Da ihr die Kraft fehlte aufzustehen, richtete sie den Blick auf ein furchtbares Bild, das hinter der Theke hing. Darauf war ein stümperhaft gemalter nackter Baum im Sturm zu sehen – wahrscheinlich war es das Werk eines Verwandten der Café-Besitzer. Dieses Baumskelett war wie ihr Leben, und der Sturm, der auf sie zukam, hatte einen Namen: Neko Café.

Bevor Lucía eilig aufgebrochen war, hatte sie der Freundin noch gesagt, dass das der Name ihres potenziellen neuen Arbeitsplatzes war, da *neko* auf Japanisch »Katze« hieß.

Nagore hatte sich nicht getraut, ihrer Freundin zu sagen, dass sie sich außerstande sah, den Job anzunehmen, so dringend sie das Geld auch brauchte. Um nicht undankbar zu wirken, würde sie zu dem Vorstellungsgespräch hingehen, aber ihr Möglichstes tun, um nicht angenommen zu werden.

Sie stützte den Kopf in die Hände, wobei ihr das dunkle Haar wie ein Vorhang vors Gesicht fiel, der sie vor der Außenwelt schützte, und blickte auf das Kleid hinab, das sie trug. Nach vielen Jahren treuen Diensten war es höchste Zeit, es in Rente zu schicken, aber in diesem Sommer war es undenkbar, ihre Garderobe zu erneuern.

Am Rande eines Nervenzusammenbruchs gingen ihr die Straßenkatzen nicht aus dem Kopf, die ihr die Nacht zur Hölle gemacht hatten. Würde sie die nun in einem Café, das extra für diese Ruhestörer eröffnet wurde, auch noch tagsüber ertragen müssen? *No way*, sagte sie sich mit den Worten, die ihr Ex-Freund so häufig benutzt hatte.

Lieber würde sie in einem Geschäft, in dem Reptilien verkauft werden, oder in einem Reservat für Giftspinnen arbeiten, als diese egoistischen Fellmonster zu ertragen. Seit ihrer Kindheit, als die Katze ihres Großvaters ihr das Gesicht zerkratzt hatte, weil Nagore sie während des Fressens gestreichelt hatte, hasste sie Katzen aus tiefster Seele.

Nach einem kurzen Mittagsschlaf, um sich von der unangenehmen Neuigkeit zu erholen, waren die Verzweiflung und die Wut einer tiefen Resignation gewichen. Während Nagore duschte, sagte sie sich, dass sie es sich nicht leisten konnte, ein Jobangebot abzulehnen, auch wenn es sich um die furchtbarste Arbeit überhaupt handelte.

Sie war so nervös, dass sie zehn Minuten zu früh kam.

Auf dem Platz, an dem sie sich mit Lucía getroffen hatte, meinte sie, den Duft der Orangenblüten an den Bäumen zu riechen. Von dort aus ging sie die Fußgängerzone entlang, bis sie das Haus mit der Nummer 29 erreichte. Bevor sie sich traute einzutreten, betrachtete sie das Lokal aus sicherer Entfernung.

Ihre Hände waren feucht, Schweiß perlte ihr auf der Stirn,

was nicht nur an dem drückend heißen Hochsommer lag. Sie tat ein paar lange, tiefe Atemzüge, wie sie es von ihrem Yogalehrer in London gelernt hatte.

Auf der Eingangstür standen die Worte NEKO CAFÉ, und darüber war das Bild einer Kaffeetasse zu sehen, aus der eine schwarze Katze hervorschaute. Hätte Nagore nicht diese deutliche Aversion gegen Katzen gehabt, hätte ihr diese hübsche Gestaltung sicher gefallen.

Unterhalb des künstlerischen Logos waren durch die breite Scheibe die Hausherren und -damen des Lokals zu sehen. Zwei von ihnen saßen auf einem Kratzbaum, an dessen Spitze sich eine Art Aussichtsplattform befand. Eine andere lauerte misstrauisch unter einem Tisch. Außerdem meinte Nagore weiter hinten im Raum zwei weitere auszumachen, die sich in einem Korb, aus dem ihre Schwänze heraushingen, zum Schlafen zusammengerollt hatten.

Ein wahres Horrorszenario!

Nagore war kurz davor, das Handtuch zu werfen, doch als sie sich umdrehte, um zu gehen, stieß sie beinahe mit einer eleganten, zierlichen Japanerin zusammen. Sie war in Schwarz und Weiß gekleidet, denselben Farben, die sie auch für das Logo an der Tür gewählt hatte.

»Du musst Nagore sein«, sagte sie in tadellosem Englisch und überreichte ihr mit beiden Händen und einem höflichen Kopfnicken eine Visitenkarte. »Wir eröffnen erst Montag, aber es ist schon alles bereit.«

Nachdem sie Yumis Karte in ihre Tasche gesteckt hatte, dachte Nagore, dass es vielleicht ganz geschickt gewesen wäre, einen Lebenslauf oder wenigstens eine simple Visitenkarte mitzubringen.

»Lucía hat mir schon gesagt, wie sehr du Katzen liebst«, sagte die Japanerin, während sie die Tür öffnete und sie einladend aufhielt.

Nagore schluckte und sandte ihrer Freundin in Gedanken einen wütenden Blitz.

»Willst du nicht reinkommen?«, fragte Yumi mit einer auffordernden Geste ihrer kleinen weißen Hände.

Unfähig, auch nur ein Wort zu sagen, beschränkte sich Nagore auf ein Nicken. Als sich in ihrem Rücken die Tür schloss, wusste sie, dass es nun kein Entrinnen mehr gab. Sie befanden sich in einem kleinen Empfangsbereich, in dem ein paar Bänke standen und von wo aus eine weitere Tür in den großen Raum mit den Katzen führte.

»Dieser separate Raum ist nötig, um zu vermeiden, dass die lieben Kleinen nach draußen entwischen, du weißt schon. Da sie die Stadt nicht kennen, würden sie sicher vom Auto überfahren werden. Hier empfangen wir die Gäste, die einen Tisch reserviert haben. Und auch die Warenlieferungen kommen hier an.«

Nagore missfiel es, dass Yumi die Bestien, die sie auf der anderen Seite der Tür erwarteten, die »lieben Kleinen« genannt hatte.

»Ich mache dir einen Kaffee«, bot die Japanerin an und führte Nagore zu einem Tisch, der hinten im Raum in der Nähe der Theke stand. »Bitte warte hier, ich bin gleich wieder da.«

Während die Japanerin geschickt die Kaffeemaschine bediente, litt Nagore unter Atemnot. Und als der Kaffee schließlich vor ihr auf dem Tisch stand, blickte sie entsetzt auf die aufgeschäumte Milch. Denn Yumi hatte mit irgendeinem Gegenstand das Gesicht einer Katze mit langen Schnurrhaaren hineingezaubert.

Ich will keine Katzen in meinem Kaffee!, protestierte Nagore still für sich, während sie möglichst nicht zu den sieben Katzen hinübersah, die sie mit ihren blauen, gelben, grünen, orangenen oder sonst wie gefärbten Augen musterten.

Kurz davor in Panik auszubrechen, erreichte sie Yumis Frage nach ihren vorherigen Arbeitsplätzen wie ein fernes Echo.

»Die letzten zehn Jahre habe ich in London gelebt«, erklärte Nagore mühsam. »Dort habe ich mit meinem Lebensgefährten eine Kunstgalerie geführt. Wir haben im Viertel Whitechapel kleine Gemälde von lokalen Künstlern verkauft. Der Anfang war nicht leicht, aber in den letzten Jahren hat es richtig gut funktioniert …« Eine verräterische Träne entwich ihrem Augenwinkel und lief ihr hinterhältig über die Wange. »Na ja, bis mein Freund mich verlassen hat, weil er sich in unsere jüngste Künstlerin verliebt hat. Deswegen bin ich nach Spanien zurückgekehrt.«

Die Hände auf dem Tisch liegend, sah Yumi sie mit ihren funkelnden Augen an und sagte: »Solche Unfälle passieren im Leben immer wieder, meine Liebe. Aber es ist besser, wenn es mal richtig kracht, als einem Weg zu folgen, der nirgendwo hinführt.«

Dankbar für Yumis Worte, atmete Nagore einige Male tief durch, während die Japanerin in mütterlichem Ton fortfuhr: »Lucía hat mir erzählt, dass du dringend einen Job brauchst. Deswegen sind wir ja jetzt hier. Und da ich dich genauso dringend brauche, werden wir uns sicher einigen. Zumal sich das, was du hier machen wirst, gar nicht so sehr von deiner Arbeit in London unterscheidet.«

Nagore zog verständnislos die Augenbrauen hoch.

»Jede Katze ist ein Kunstwerk für sich. Und deine Aufgabe wird es sein, jedes dieser Kunstwerke zu verkaufen.«

»Zu *verkaufen*?«

Eine Katze in den Farben von Nagores Milchkaffee mit einer Waschbärbrille im Gesicht richtete auf einem Sitzkissen in der Nähe die Ohren auf.

»Denn neben dem Ziel, Geld zu verdienen, um davon leben zu können, ist ein Katzencafé dafür da, den Gästen die Adoption einer Katze schmackhaft zu machen. Dann können wir neue aus dem Tierheim holen.«

»Das klingt sehr ... sinnvoll ...«

Bevor Nagore weitersprechen konnte, sprang die Katze von dem Sitzkissen und kam langsam zu ihr herüber, was sie vor Schreck erstarren ließ.

Gnadenlos machte das Tier einen Satz auf ihren Schoß, woraufhin Nagore einen Angstschrei ausstieß. Das jedoch störte den aufdringlichen Kampfkuschler offenbar kein bisschen, der sich ohne jegliches Mitleid schnurrend auf ihren Beinen zusammenrollte.

»Darf ich dir Cappuccino vorstellen«, sagte Yumi amüsiert. »Er ist hier das verwöhnte Kleinkind.«

Nagore begann bereits zu hyperventilieren, als die Japanerin die cremefarbene Katze mit den milchweißen Flecken hochhob und, als spräche sie mit einem Kind, zu ihr sagte: »Lässt du uns ein bisschen miteinander reden?«

Dann setzte sie das Tier auf dem Boden ab, während sie Nagore aus dem Augenwinkel ansah und erklärte: »Vielleicht liebst du Katzen, aber du leidest unter Ailurophobie, meine Liebe.«

»Ailurophobie?«, wiederholte Nagore das seltsame Wort, während ihr die Hitze in die Wangen stieg. »Und was ist das?«

»Katzenphobie.«

Nachdem Nagore auf diese Weise aufgeflogen war, liefen ihr

die Tränen unaufhaltsam über das verschwitzte Gesicht. Daraufhin meinte die Japanerin in vertraulichem Ton: »Keine Sorge, das ist nichts Schlimmes. Für unsere lieben Kleinen ist es sogar besser so.«

»Wie meinst du das?«, fragte Nagore, während sie sich mit einer kleinen Papierserviette die Tränen trocknete.

»Schau, was mit Cappuccino passiert ist. Er ist eine neugierige und gleichzeitig nicht besonders mutige Katze. Und er ist noch nie einfach so auf den Schoß eines Unbekannten gesprungen wie eben bei dir.«

»Ich weiß nicht …«

»Möglicherweise verstehen die Katzen die Worte nicht, die wir sagen, aber sie haben ein sehr gutes Gespür für Emotionen. Cappuccino hat gleich gemerkt, dass du dir vor Angst in die Hose machst und absolut stillhalten wirst, wenn er auf deinen Schoß springt. Genau deshalb hat er es gemacht. Er wusste, dass du ihm nicht wehtun und ihn in Ruhe lassen würdest.«

»Warum sollte ich ihm wehtun?«, fragte Nagore, deren Verwirrung immer größer wurde, während die Katze, von der die Rede war, auf dem Boden auf die nächste Gelegenheit wartete, einen neuen Angriff zu starten.

»Wenn es eines gibt, was Katzen hassen, dann ungewollt angefasst zu werden. Das wirst du sehen, wenn wir am Montag öffnen. Daher wählen sie unter mehreren Personen immer die aus, die sie garantiert nicht streicheln wird, weil sie Angst vor ihnen hat.«

»Dann …«, stammelte Nagore, »soll das heißen, dass du mich einstellen wirst?«

»Aber sicher«, entgegnete Yumi fröhlich. »Wir können gleich heute Nachmittag den Vertrag unterschreiben.«

4.

Zwangloses Kennenlernen

Als sich Nagores Nerven wieder einigermaßen beruhigt hatten, stellte sie fest, wie geschmackvoll der Raum eingerichtet war. Zwischen den in warmen Farbtönen gestrichenen Wänden standen ein halbes Dutzend niedrige Tische mit bunten Stühlen und zwei riesige Kratzbäume für die Katzen. Die Katzentoiletten mit dem Katzenstreu befanden sich unter Bänken in angemessener Entfernung von dem Bereich, in dem gegessen und getrunken wurde.

Yumi erklärte ihr mit japanischer Genauigkeit all das, was sie zum Wohl der lieben Kleinen am frühen Nachmittag, bevor die Gäste eintrafen, zu erledigen hatte.

»Wenn du ihre Toiletten reinigst und ihnen im Laufe des Nachmittags zweimal etwas zu fressen gibst, sind sie vollkommen zufrieden. Auch wenn sie diesen Raum nicht verlassen dürfen, sind sie sehr selbstständig, weißt du? Deine Hauptaufgabe wird es sein, dich um die menschlichen Gäste zu kümmern: sie zu empfangen, ihnen zu erklären, wie sie sich den Katzen gegenüber verhalten sollen, ihren Kaffee mit Schnurrhaaren zu verzieren ... In der Vitrine neben der Theke sind auch ein paar Souvenirs ausgestellt, die es zu kaufen gibt.«

Nagore hob den Kopf, um die Auswahl der Souvenirs zu betrachten: Tassen mit dem Logo des Cafés, Katzenanhänger,

Untersetzer in der Form einer Katzenpfote und anderes ihrer Meinung nach unnützes Zeug.

»Und da du von nun an mit den lieben Kleinen arbeiten wirst, ist es an der Zeit für eine Vorstellungsrunde. Cappuccino kennst du ja bereits«, sagte Yumi, während dieser seinen Platz auf dem Sitzkissen wieder einnahm. »Als Nächstes musst du den Herrn dort oben kennenlernen.«

In luftiger Höhe auf dem Kratzbaum, der am weitesten im Raum stand, war eine Plattform angebracht, auf der es sich zwei der Katzen zum Schlafen bequem gemacht hatten: ein voluminöses Exemplar, das sich an einen kleineren Kollegen mit rötlichem Fell schmiegte.

Die sehen eher aus wie Teppiche, dachte Nagore angewidert.

»Der weiße Riese dort ist Chan, unser Zenmeister. Er hat bereits ein stolzes Alter, und wie du siehst, fehlt ihm ein Auge. Wir wissen nichts über seine Vorgeschichte, aber die anderen Katzen streiten sich darum, wer neben ihm schlafen darf. Er hat die Angewohnheit, bei Vollmond verrückte Dinge zu tun«, fügte Yumi sinnierend hinzu.

»Was meinst du mit ›verrückte Dinge‹?«, fragte Nagore, den ängstlichen Blick auf das riesige Fellmonster gerichtet.

»Ach, nichts Schlimmes! Er streicht miauend umher, als hätte er etwas verloren.«

Nagore nickte beunruhigt.

»Die scheueste Katze von allen ist die, die dort neben dem Meister ihr Nickerchen hält. Dieses kleine rothaarige Fellbündel heißt Licor und ist noch ein Baby, noch kein halbes Jahr alt. Der Kleine macht sich mit Vorliebe aus dem Staub und heckt irgendwelchen Unsinn aus. Jedes Mal, wenn man ihn hochnehmen will, rennt er davon, aber er kommt nicht weit …«

Ich werde mich hüten, ihn anzufassen, sagte sich Nagore, während sie entsetzt spürte, dass etwas Weiches von hinten an ihrem Fußknöchel vorbeistrich.

Sie fuhr herum, konnte jedoch nichts entdecken. Im Bemühen, Haltung zu bewahren, konnte sie sich eine Frage nicht verkneifen:

»Warum sind all die Katzen hier? Und wie viele sind es insgesamt?«

»Derzeit bieten wir hier sieben Katzen ein vorübergehendes Zuhause. Aber unser Ziel ist es, für sie ein dauerhaftes Heim zu finden. Vielleicht hast du ja Lust, eine bei dir aufzunehmen.« Yumi sah die Panik in Nagores Blick, dann beugte sie sich über eine Holzkiste mit einem Loch an der Oberseite. »Hier drin hat sich Smokey versteckt. Du wirst sie nur selten zu Gesicht bekommen, denn sie hat die wunderbare Gabe, einfach zu verschwinden. Daher auch der Name: als würde sie sich in Rauch auflösen. Unsere Prinzessin hat bildschöne grüne Augen. Neben ihrer Vorliebe dafür, plötzlich zu entschwinden, taucht sie genauso gern wie ein Gespenst unerwartet wieder auf. Um sich dann gleich wieder aus dem Staub zu machen. Sie ist sehr scheu, und bis heute ist es noch keinem gelungen, sie zu berühren.«

Vorsichtig beugte sich Nagore über das Loch in der Oberseite der Kiste, doch das Einzige, was sie sah, waren zwei grünlich leuchtende Sterne in der Dunkelheit.

»Ist sie schwarz?«, fragte sie Yumi, darum bemüht, einigermaßen die Ruhe zu bewahren.

»Ja, genau. Smokey ist eine kleine schwarze Pantherdame, ständig auf der Hut. Ein bisschen wie du vielleicht. Ich wette, dass du auch nicht so leicht zu kriegen bist!«

»Mhm …«, machte Nagore, der nicht klar war, was Yumi damit sagen wollte. »Tatsächlich hasse ich es zu rennen.«

»Aha, aber du hast schöne grüne Augen, und dein Haar ist beinahe so dunkel wie das einer Japanerin. Vielleicht hast du mehr mit Smokey gemein, als du glaubst.«

Das Einzige, was Nagore dazu einfiel, war, dümmlich zu lachen.

Weiter im Raum stellte Yumi ihr noch eine Tigerkatze vor, die gähnend auf einem großen Kissen lag, das aussah wie ein Floß auf einem Meer aus Parkett. In diesem Moment tauchte wie aus dem Nichts Smokey auf und schoss wie ein schwarzer Ferrari zwischen Nagores Beinen hindurch, um dann mit einem olympiareifen Satz auf den am Fenster stehenden Kratzbaum zu springen.

Daraufhin musste Yumi lachen, was so niedlich klang, dass Nagore darin einstimmte. Das half ihr, ihre Nervosität zu überwinden.

»Inzwischen dürftest du gemerkt haben, dass Katzen Freigeister sind«, sagte die Japanerin, während sich ihr Haarknoten löste, sodass ihre schwarze Mähne ihr über die Ohren fiel.

»Damit willst du sagen, dass es ihnen völlig egal ist, dass ich hier bin, oder?«

»Genau, das interessiert sie kein bisschen, da kannst du ganz beruhigt sein.« Yumi streichelte die Tigerkatze, die ihr mit geschlossenen Augen zuzulächeln schien. »Es ist ihnen absolut gleichgültig, was du von ihnen denkst. Wenn eine Katze etwas von dir will, lässt sie es dich wissen. Wenn sie etwas zu fressen haben will oder irgendetwas anderes, erfährst du es sofort.« Sie tätschelte der Tigerkatze den Rücken und meinte: »Darf ich dir unseren Sherkhan vorstellen, der übrigens, obwohl sein Name in mehreren indischen Sprachen ›Herr Tiger‹ bedeutet, ein Faible für Hunde hat.«

»Er mag Hunde?«, fragte Nagore überrascht.

»Na ja, er mag es, sie auf die Palme zu bringen. Er ist ein Raufbold. Wenn er in der Nähe des Cafés einen Hund sieht, springt er an die Scheibe und erschreckt ihn zu Tode.«

Die Katze mit dem Waschbärengesicht, der rosa Nase und den Augen, die so blau wie der Sommerhimmel waren, schien Yumis Ausführungen interessiert zu lauschen. Nagore betete, dass Cappuccino nicht erneut versuchen würde, auf ihren Schoß zu springen. Er schien irgendetwas im Schilde zu führen und entschied sich schließlich dafür, Sherkhan von seinem Kissen zu vertreiben, was die Tigerkatze resigniert hinnahm.

»Das ist eine weitere Eigenschaft dieses verwöhnten Kindes«, erklärte Yumi. »Es will immer genau da hin, wo gerade jemand anders ist.«

Die beiden Frauen sahen schweigend zu, wie sich die Waschbärkatze auf dem gerade eroberten Kissen zu putzen begann. Schließlich meinte Yumi: »Die Vorstellungsrunde ist gleich zu Ende, ich will dich ja nicht langweilen. Das Fellbündel mit den langen Haaren dort ist Blue, unser Griesgram.« Yumi wies auf eine Katze, die zusammengekauert in einer Ecke saß und der man ansehen konnte, dass mit ihr nicht zu spaßen war. »Sie trägt ein gelbes Halsband, weil sie so angriffslustig ist. Sie ist die erfahrene Königin, die sich den Respekt ihrer Kinder erkämpft hat. Blue hasst die anderen Katzen, aber Menschen mag sie auch nicht. Du musst aufpassen, dass ihr kein Gast zu nahe kommt, sonst kriegen wir Probleme.«

Nagore nickte leicht und nahm sich fest vor, sich von dieser

Katze fernzuhalten, die ein gelbes Halsband trug, obwohl sie Blue hieß.

»Und der Letzte in der Sippe ist der schwarz-weiße Junge mit dem halben Schnurrbart dort drüben: Fígaro!«, stellte Yumi den betreffenden Kater vor, der gerade über eine Bank spazierte. Mit einem schnellen Griff nahm sie ihn hoch und wiegte ihn in den Armen.

»Fígaro ist so friedlich wie ein Stofftier. Und er hat eine Engelsgeduld. Als er sein letztes Frauchen verloren hat, eine sehr alte Dame, hat ihr Enkel ihn hergebracht. Er mag es sehr, gekuschelt zu werden und dabei klassische Musik zu hören. Wenn man ein Stück von Bach spielt, ist er mucksmäuschenstill und spitzt die Ohren. Dann entgeht ihm kein einziger Ton.«

Fígaro stupste mit dem Kopf gegen das Kinn der Japanerin, als würde er auf diese Weise weitere Streicheleinheiten von ihr fordern. Nachdem sich Yumi noch eine Weile mit ihm beschäftigt hatte, setzte sie den Kater zurück auf die Holzbank, und sie kehrten zu ihrem Tisch zurück. Nagore war noch immer angespannt.

»Und … Denkst du, du kannst es ertragen?«

Nagore seufzte.

Die Japanerin, die das offensichtlich als Zusage interpretierte, nahm einen Schlüsselbund aus der Tasche ihres Kleides und übergab ihn lächelnd ihrer neuen Angestellten. »Ich werde nicht immer da sein, und so kannst du jeden Tag um zwei herkommen, auch wenn das Café erst um vier öffnet. Dann hast du zwei Stunden, um hier alles herzurichten: den Katzen etwas zu fressen und frisches Wasser zu geben, ihre Toiletten zu säubern … Sie sind immer zuerst dran. Anschließend kannst du dann den Kuchen in den Ofen schieben und überprüfen, ob sonst alles bereit ist, bevor du dir die Liste mit den Reservierungen anschaust.«

»Ich denke, dass ich das hinkriege«, hörte sich Nagore sagen.

»So gefällt mir das! Und mach dir keinen Sorgen wegen deiner Ailurophobie. Die meisten von ihnen werden dich einfach ignorieren. Wenn es hochkommt, sehen sie in dir eine Dienerin, wenn sie etwas brauchen. Erwarte keine Zärtlichkeiten von ihnen. Cappuccino ist da die Ausnahme.«

Nagore sah noch einmal unbehaglich zu der Katze mit den blauen Augen und dem milchkaffeefarbenen Fell hinüber.

Ihr Instinkt sagte ihr, dass man Ausnahmen nicht vertrauen sollte, vor allem, wenn die sich in Gestalt einer Katze mit einer Waschbärbrille im Gesicht präsentierten.

»Von allen Katzen, denen ich bisher begegnet bin, habe ich etwas Wichtiges gelernt«, sagte Yumi zum Abschluss der Vorstellungsrunde: *»Akzeptier dich so, wie du bist, dann kannst du auf die Zustimmung anderer verzichten.«*

5.

Das Katzenorakel

Im Viertel war es so ruhig, als wären sämtliche Einwohner einer Zombie-Attacke zum Opfer gefallen. Nagore liebte den Sonntagmorgen, um sich von der ereignisreichen Woche zu erholen.

Sie hatte wunderbar durchgeschlafen, was vielleicht an der nachlassenden Anspannung nach den aufregenden Geschehnissen der letzten Tage lag. Es war gerade mal kurz vor acht, als sie in die Küche trat, um sich mit der letzten Kapsel, die sie noch hatte, einen Kaffee zu kochen.

Das ist gar nicht gut, dachte sie, während sie eine Tasse zur Hälfte mit dem unnatürlich schmeckenden schäumenden Gebräu füllte. Sie wartete, bis der Kaffee ein wenig abkühlte, und biss in der Zwischenzeit in einen schrumpeligen Apfel, der seit Tagen auf der marmornen Arbeitsfläche gelegen hatte.

Als Kind hatte sie Sonntage gefürchtet. Anstatt den freien Tag zu genießen, hatte sie ihn als eine Art Countdown zum Montag empfunden. Und nun, kurz vor ihrem gefürchteten vierzigsten Geburtstag, überkam sie zu ihrem Erstaunen ein ähnlich erdrückendes Gefühl.

Das, was gerade mit ihr geschah, war Lichtjahre von dem entfernt, was sie sich für den Verlauf ihres Lebens vorgestellt hatte.

Sie nahm zwei Schlucke von dem Kaffee, ungesüßt, wie sie ihn am liebsten mochte, und versuchte, die ruhigen Stunden zu nutzen. Denn um kurz vor elf würde ihr Nachbar mit der »Sonntagsoper« beginnen. Der Mieter über ihr, ein Witwer undefinierbaren Alters, hatte die üble Angewohnheit, sich jede Woche zur gleichen Zeit in einer infernalischen Lautstärke Opernarien anzuhören, die einen an der Funktionstüchtigkeit seiner Hörgeräte zweifeln ließ.

Da Nagore nichts Dringendes zu erledigen hatte, ging sie barfuß zum Schreibtisch im Wohnzimmer, auf dem ein Stapel Bücher lag, die darauf warteten, gelesen zu werden.

Den Grundstock des Stapels bildeten die Bücher, die nach ihrem Umzug mit einem langsamen Schiffstransport aus London nachgekommen waren. Dabei handelte es sich um historische Romane, die sie unter normalen Umständen immer gern gelesen hatte, doch in den letzten Monaten hatte sie nicht nur ihr Interesse an der Lektüre, sondern beinahe an allem verloren.

Ganz oben auf dem Stapel lagen drei Bücher, die Yumi ihr gegeben hatte, damit sie sich ein wenig mit den Eigenarten von Katzen vertraut machen konnte.

Unwillig nahm Nagore sie zusammen mit einem Stift und einem Blatt Papier mit zum Sofa. Ihre neue Chefin hatte ihr versprochen, dass es unterhaltsame Bücher seien, die ihr nützlich sein würden, wenn sie sich am Wochenende nicht nur ausruhen, sondern sich auch ein bisschen auf ihren ersten Arbeitstag vorbereiten wollte.

Sie betrachtete die Bücher argwöhnisch, doch dann erinnerte sie sich wieder an ihre seit ihrer Kindheit erste Begegnung mit Katzen in Yumis Café. Vor allem an ihre erste Begegnung mit dem eigensinnigen, energischen Cappuccino.

Doch bevor sie sich endgültig den Büchern zuwandte, beschloss sie, sich einer ihrer Lieblingsbeschäftigungen zu widmen, die darin bestand, in dem Versuch, ihr Leben zu begreifen, Listen und Grafiken zu erstellen. Das Thema dieser Liste war offensichtlich:

MEIN JOB IM NEKO CAFÉ

<u>Pro:</u>

- Mit den 1000 Euro, die ich im Monat verdiene, kann ich diese Wohnung bezahlen (die ich zum Glück zu einem Freundschaftspreis gemietet habe) sowie sonstige Rechnungen und kann mir etwas zu essen kaufen.
- Ich spare mir die Erniedrigung, meine Eltern um Geld bitten zu müssen.
- Ich habe etwas zu tun, sodass mir hier im Haus nicht länger die Decke auf den Kopf fällt.
- Ich tue ein gutes Werk, wenn ich auch nicht weiß, ob diese Bezeichnung wirklich angebracht ist, wenn man Menschen davon überzeugen will, Katzen zu sich zu nehmen, die sie dann zu ihren Dienern machen.
- Ich mag Yumi.
- Ich habe bereits zugesagt.
- ICH BRAUCHE GELD!

<u>Kontra:</u>

- Ich hasse Katzen.
- Ich hasse Leute, die Katzen lieben.

Nagore brütete noch ein paar Minuten über dem Papier, aber ansonsten fiel ihr nichts Negatives zu ihrem neuen Job mehr ein.

Verärgert legte sie das Blatt zur Seite und betrachtete die Cover der Bücher auf ihren Knien, die schweigend darauf warteten, von ihr in die Hand genommen zu werden.

Die Katze des Dalai-Lama von David Mitchie. Eine Katze mit dunklem Gesicht, blauen Augen und grauen Ohren schaute hinter einem weich fallenden orangefarbenen Stoff hervor.

Ich der Kater von Sōseki Natsume zeigte eine weiße Katze, die auf Nagore alles andere als vertrauenerweckend wirkte.

Lost Cat: A True Story of Love, Desperation and GPS Technology war das schrägste Buch, das Yumi ihr mitgegeben hatte. Die Autorin hieß Caroline Paul, und das Cover zierte die Aquarellzeichnung einer kleinen schwarzen Katze vor einem blau gerahmten weißen Hintergrund.

Nagore musste zugeben, dass ihr die Illustrationen in dem letzten Buch gefielen. Sie strahlten eine derartige Wärme und Fröhlichkeit aus, dass sie sich vornahm, irgendwann einmal etwas Ähnliches zu malen. Gleich darauf weckte diese Idee jedoch ein entmutigendes Gefühl der Bitterkeit in ihr, da sie seit fast einem Jahr nicht mehr in der Lage war, irgendetwas zu zeichnen.

Um dem Unwohlsein, das sie ergriffen hatte, zu entkommen, beschloss sie, ein Spiel wiederaufleben zu lassen, das sie in ihrer Jugendzeit gern mit ihrer besten Freundin gespielt hatte: das Buchorakel. Sie würde jedes der drei Bücher irgendwo zufällig aufschlagen und den erstbesten Abschnitt herausschreiben, der ihr ins Auge fiel. Das würden dann die Botschaften sein, die sie in dem neuen Leben, das sie gerade begann, leiteten.

Das Orakel von *Lost Cat* ergab Folgendes:

Du wirst deine Katze niemals wirklich kennenlernen. Tatsächlich kannst du niemanden so kennen, wie du es dir wünschst. Aber das ist in Ordnung; lieben ist besser als kennen.

Da ist etwas Wahres dran, dachte Nagore, wobei man noch hinzufügen könnte, dass man niemandem vollkommen vertrauen kann. Ohne vorerst weiter darüber nachzudenken, nahm sie sich das nächste Buch vor: *Die Katze des Dalai-Lama:*

»Nun, Herr Professor, diese streunende Katze und Sie haben etwas sehr Wichtiges gemein.«

»Da bin ich aber gespannt«, antwortete der Professor reserviert.

»Ihr Leben ist Ihnen das Wichtigste auf der Welt«, sagte Seine Heiligkeit. »Und genau dasselbe gilt für dieses Kätzchen.«

Es wäre schön gewesen, diese Aussage nachempfinden zu können, aber Nagore teilte eher die Zweifel des Professors, als dem zuzustimmen, was der Dalai-Lama sagte. Sie wollte gar nicht erst daran denken, was sie mit einer Katze gemein haben konnte! Dennoch schrieb sie den Abschnitt gehorsam auf. Danach griff sie zu dem dritten Buch, *Ich der Kater*, und schlug es an einer zufälligen Stelle auf:

Hätte ich die Zeit, Tagebuch zu schreiben, würde ich diese Zeit für etwas Besseres nutzen: um auf der Veranda zu schlafen.

Dieser Satz entlockte Nagore zumindest ein Lächeln. Und sie beschloss, den Rat anzunehmen.

Nachdem sie ihn notiert hatte, ging sie zurück ins Schlafzimmer und tat, was die unbekannte Katze ihr empfohlen hatte: Sie gönnte sich noch ein wenig Ruhe, bevor die Oper ihr Trommelfell martern würde.

6.

Sich mit dem Leben beschäftigen

Als sie beim Neko Café ankam, erhellte der strahlende Nachmittag das Lokal, und mehrere Katzen lagen träge in der Nähe des Fensters in der Sonne. Nagore atmete tief ein, während sie die erste Tür öffnete. Sie trug ihre graue Lieblingsjeans und bequeme alte Stiefel; so entging sie der Gefahr, dass die Katzen ihre Fußknöchel zerkratzten. Da nahm sie lieber in Kauf, dass ihre Füße in der Hitze schmorten.

Yumi öffnete ihr lächelnd die zweite Tür und sagte zur Begrüßung: »Hast du schon mal so viele faule Katzen auf einem Haufen gesehen?«

Das dunkelgrüne Kleid mit dem langen Rock, das Yumi trug, erinnerte Nagore an das Gewand einer Märchenfee. Und sie wäre bedeutend lieber mit dieser Fee irgendwo im Wald gewesen anstatt in einem Katzencafé.

Sie versuchte, ihre Nervosität in den Griff zu kriegen, indem sie erzählte, dass sie sich die Bücher bereits angesehen hatte und dass ihr bisher *Lost Cat* am meisten zusagte.

»Ich bin Grafikdesignerin, und mir gefallen die Illustrationen in diesem Buch«, erklärte sie. »Womit soll ich anfangen?«, fragte sie dann nervös.

»Siehst du die Katzentoiletten unter den Bänken?«, meinte

Yumi und hielt ihrer neuen Angestellten ein paar Einweghandschuhe hin. »Am besten machst du die als Erstes sauber. Ich werde in der Zeit die Kaffeemaschine anmachen. Danach werden wir uns die Reservierungen anschauen, und anschließend werde ich dich für eine Weile allein lassen, wenn das okay ist.«

»Ja, in Ordnung«, sagte Nagore, bevor sie mit einer kleinen Schaufel und einer Mülltüte daranging, die Katzentoiletten zu säubern.

Sie versuchte, an etwas anderes zu denken, um nicht in Panik auszubrechen. Und wenn sie ihr die Arme zerkratzten, während sie ihre Exkremente entfernte? Etwas Erniedrigenderes konnte sie sich kaum vorstellen. Doch als sie sich an die Arbeit machte, stellte sie fest, dass ihre Gegenwart die Katzen nicht im Geringsten zu stören schien. Das beruhigte sie irgendwie.

Yumi legte eine CD mit klassischer Klaviermusik in einen alten Player ein, woraufhin Fígaro, der Musikliebhaber unter den Katzen, die Ohren aufrichtete.

»Damit hast du die erste Hürde genommen und bewiesen, dass du es hervorragend verstehst, Katzentoiletten zu säubern«, sagte Yumi, nachdem sie die Kaffeemaschine angeworfen und die Platten mit dem Kuchen überprüft hatte. »Bereit für die nächste Herausforderung?«

»Ich denke, ja. Worum geht's?«

»Jetzt musst du die Meute besser kennenlernen. Die einfachste Art ist, ihnen etwas zu fressen zu geben, und glaub mir, sie haben jeden Tag vor der Öffnung des Cafés Heißhunger. Der einzige Grund, warum sie noch nicht miauend um ihre Näpfe herumschleichen, ist, dass sie dich noch nicht kennen.«

Yumi verschwand durch eine Tür hinter der Theke und kam mit einer großen Tüte Katzenfutter zurück. Nagore trug sie zu den Näpfen hinüber und begann, diese mit den Mengen zu füllen, die Yumi ihr angegeben hatte.

Das Knistern der Tüte weckte die meisten der sich sonnenden Katzen; einige liefen gleich zu Nagore hinüber, die sich auf einmal von einer miauenden Bande umstellt sah. Der Eifrigste von allen war Cappuccino, der sich sogar auf die Hinterbeine stellte, als wolle er versuchen, ihr die Tüte mit dem Futter aus den Händen zu reißen.

Nagore hielt den Atem an und bereitete sich auf einen konzertierten Angriff vor, doch als die ersten Näpfe gefüllt waren, zogen diese sofort jegliche Aufmerksamkeit auf sich. Erneut stellte Nagore fest, dass sich die Katzen keinen Deut für sie interessierten. Sie hatten nur noch Augen für das Futter.

Als hätte Yumi ihre Gedanken gelesen, sagte sie, während sie zwei Tassen grünen Tee auf einen der niedrigen Tische stellte: »Ich habe mal einen Vortrag gehört, in dem es hieß: *Viele unserer Probleme sind reine Luxusartikel.* Wir machen uns um alles Sorgen, sogar um Dinge, die überhaupt keine Bedeutung haben. Denkst du nicht? Die Katzen dagegen sind wahre Meister darin, *sich nur um ihre Angelegenheiten zu kümmern, ohne sich vorab irgendwelche Sorgen zu machen.*«

»Na ja, im Moment sieht es so aus, als hätte ich eine Tarnkappe an, was ich ganz wunderbar finde«, entgegnete Nagore erleichtert. »Zeigst du mir, wie man mit der Kaffeemaschine umgeht?«

»Sicher, meine Liebe. Und da du ja Grafikdesignerin bist, zeig ich dir auch, wie man den Milchkaffee mit einem Katzengesicht samt Schnurrhaaren verziert. Die Gäste lieben das. Das Geheimnis liegt in der aufgeschäumten Milch, die sich sogar ein wenig formen lässt. Schau …«

Genau in diesem Moment kam es zu einer Auseinandersetzung zwischen Capuccino und Blue, der bärbeißigen Katze. Capuccino wollte die Pfote in Blues Fressen stecken, woraufhin er ein paar Schläge einstecken musste.

Um die Zankerei zu beenden, griff Yumi nach einem Stuhlkissen und trat drohend auf die Katze mit dem Waschbärgesicht zu. »Cappuccino! Schön brav sein! Du hast deine Ration gehabt. Jetzt lass Blue in Ruhe fressen!«

Die Katze hörte entweder nicht zu, oder sie verstand nicht. Erschreckt sah Nagore aus der Entfernung zu, wie sich der blauschwarze Gegner mit anhaltendem verärgertem Miauen und aufgeregtem Fauchen zur Wehr setzte. Doch als Blue so richtig wütend wurde, zog Capuccino eilig den Buckel ein und trat den Rückzug an. Ihm schien klar geworden zu sein, dass er sich mit der Falschen angelegt hatte.

Um weitere Auseinandersetzungen zu vermeiden, warf Yumi das Kissen nach den beiden Streithähnen. Blue aber wich dem fliegenden Objekt mit einem Sprung geschickt aus und verfolgte Cappuccino quer durch den Raum.

»Cappuccino ist kein übler Kerl, aber er liebt es, sich an den Sachen der anderen zu bedienen. Deswegen kriegt er dauernd Ärger.« Yumi kam zur Kaffeemaschine zurück und schlug vor: »Komm, du kannst ein bisschen üben und Katzengesichter malen.«

Obwohl das Motiv ihr widerstrebte, freute sich Nagore darauf, die Technik zu lernen, ein solch kurzlebiges Kunstwerk zu erschaffen. Dabei ging es darum, mit einem schmalen Metallröhrchen von der Länge eines Bleistifts und Kakaopulver das Bild auf den Milchschaum zu zaubern.

Während sie ihren ersten Kaffee mit Schnurrhaaren kreierte,

klingelte ein paarmal das Telefon. Yumi fügte der Liste mit den Reservierungen einige Namen hinzu und wartete ab, bis Nagore mit ihrem Kunstwerk fertig war, um ihr zu erklären: »Die ersten Gäste kommen um vier: eine Familie, zwei Paare und mehrere einzelne Katzenliebhaber. Für Morgen hat sich eine größere Gruppe angekündigt. Nicht schlecht für den Anfang, oder?«, fügte sie stolz hinzu.

Nagore nickte und fragte gleichzeitig: »Wo ist die Preisliste, damit ich weiß, was ich den Leuten berechnen muss?«

»Im Grunde darfst du ihnen gar nichts berechnen. Die Hygienevorschriften verbieten, dass sich in einem Lokal, in dem Essen und Getränke angeboten werden, Tiere aufhalten. Aber für jedes Gesetz findet sich ein Hintertürchen.«

Nagore sah ihre Chefin fragend an.

»Genau wie eine Tierschutzorganisation sind wir ein Verein, und das, was die Leute zahlen, ist eine Spende, okay?«, erklärte Yumi. »Der Kaffee und der Kuchen, die wir unseren Geästen anbieten, sind ein Geschenk. Die wichtigsten Regeln stehen auf den Tischen neben den Steckbriefen der Katzen. Weißt du noch, welche das sind?«

»Mhm …« Nagore sah zu Blue hinüber, die sich inzwischen auf der Plattform des Kratzbaums neben dem Fenster ausruhte. »Das gelbe Halsband bedeutet ›nicht berühren‹?«

»Richtig, Nagore, sehr gut! Und was ist mit den anderen Katzen?«

»Die Leute dürfen mit ihnen spielen und dabei die Bänder und das Katzenspielzeug hier im Café benutzen, aber sie dürfen die Tiere nicht berühren, hochheben oder ärgern. Und müssen sie in Ruhe lassen, wenn sie schlafen.«

»Prüfung bestanden. Und jetzt muss ich los. Wenn du bitte

hierbleiben könntest; die lieben Kleinen mögen menschliche Gesellschaft, auch wenn sie das nicht zeigen.«

Als Nagore allein war, war sie wachsam, aber nicht ängstlich, wie sie befürchtet hatte. Dennoch ließ sie die verwöhnte Sippschaft nicht aus den Augen.

Ein paar von ihnen schliefen: eine auf dem Kissen in der Mitte des Raums, zwei auf dem Kratzbaum ... Zuletzt fiel ihr Blick auf Cappuccino, der sie mit seinen himmelblauen Augen erwartungsvoll ansah. Mit seiner kleinen rosafarbenen Nase in der Mitte der schwarzen Waschbärbrille sieht er richtig niedlich aus, dachte sie. Dann rollte er sich zusammen und schloss die Augen.

Nagore verließ vorsichtig die Sicherheitszone (wie sie den Bereich hinter der Theke nannte) und ging langsam auf die Katze zu, die ihre Siesta hielt. Sie pirschte sich nah genug heran, um zu sehen, wie ihr Bauch sich beim Atmen hob und senkte.

»Warum bist du so frech, wenn du so lieb sein kannst?«, fragte sie das Tier mit einem Sicherheitsabstand von etwa einer Armlänge.

Die Katze kuschelte sich gähnend zusammen, als ob sie bereits schliefe. Doch als sie Nagores Anwesenheit wahrnahm, öffnete sie die blauen Augen ein Stückchen und sah sie mit einer Mischung aus Trägheit und Neugierde an. Danach wurde Cappuccino vom Schlaf übermannt.

Es ist viel besser, sich auf das zu konzentrieren, was man gerade tut, auch wenn es ein Mittagsschlaf ist, anstatt sich um Dinge zu sorgen, von denen man nicht einmal weiß, ob sie wirklich eintreten werden, dachte Nagore.

Neben dieser Erkenntnis wurde ihr bewusst, was sie von Cappuccino in den wenigen Stunden, die sie bisher gemeinsam verbracht hatten, gelernt hatte: *Sei aus tiefstem Herzen der, der du bist.* Denn es ist eine nutzlose und ermüdende Energieverschwendung, Gefühle vorzutäuschen, die man nicht empfindet.

Als Nagore an diesem Punkt ihrer Überlegungen angekommen war, öffnete die Katze für einen Moment die Augen, als wolle sie ihr sagen: *Das ist es; schreib es dir hinter die Ohren!*

7.

Der blinde Passagier

An jenem ersten Nachmittag verging die Zeit sehr langsam. Während Nagore misstrauisch über die sieben Katzen wachte, kam sie sich wie ein einziges Nervenbündel vor, und die Welt außerhalb des Cafés erschien ihr trotz der Sommerhitze äußerst einladend.

Als sie für eine Minute hinaustrat, um einmal kurz durchzuatmen, wandten sich einige mandelförmige Augen, Ohren und Köpfe zu ihr um, um sie zu beobachten.

In einer halben Stunde würde das Neko Café seine Türen für die Kundschaft öffnen, die ab vier Uhr an diesem Nachmittag eintreffen würde.

Zurück im Lokal, versicherte sich Nagore, dass auf jedem Tisch das kleine Buch für die Gäste bereitlag. Dieses enthielt nicht nur die allgemeinen Regeln und Empfehlungen, sondern auch einen kurzen Steckbrief jeder Katze, die ein neues Zuhause suchte, in dem die positiven Seiten deutlich herausgestellt und behutsam auch die negativen erwähnt wurden.

Zu dieser Tageszeit, in der die Sonne mit voller Kraft vom Himmel schien, hatten sich die meisten Katzen zum zweiten oder dritten Mal an diesem Nachmittag zur Ruhe gelegt. Nur Smokey, die schwarze Prinzessin, und der getigerte Sherkhan rannten spielend und sich verfolgend überall herum. Als sie genug davon hatten, setzte sich jeder von ihnen in eine Ecke des Cafés und begann sich sorgfältig zu putzen.

Einige lange Minuten über war alles still. Es war, als gehörte Nagore zur Einrichtung. Nichts rührte sich, nicht einmal die Luft, und beinahe wäre Nagore wie die vierbeinigen Faulpelze eingeschlafen. Die Belüftung vom hinteren Teil des Raums her war äußerst dürftig. Nagore sagte sich, dass es eine gute Idee wäre, hier eine Klimaanlage zu installieren oder wenigstens einen Ventilator aufzustellen.

Während sie darüber nachdachte, tauchte wie aus dem Nichts ein schwarzer Schatten auf und flog auf die Theke, an der Nagore lehnte, was sie zu Tode erschreckte. Sie griff nach dem Lappen, mit dem die Kaffeemaschine gereinigt wurde, um Smokey zu verjagen, doch die Katze war bereits wieder auf den Boden gesprungen und lief auf den Kratzbaum zu, der in der Nähe der Theke stand. Die schwarze Prinzessin blieb ein paar Sekunden extrem angespannt auf dem Baum sitzen, um sich dann auf einen unsichtbaren Feind auf einem unbesetzten Sitzkissen zu stürzen.

Ein hektisches Brummen im Raum machte Nagore klar, was los war. Smokey verfolgte eine riesige Fliege, die sich hereingeschummelt hatte. Ihre erfolglose Jagd weckte bei ihren Kollegen zunächst nicht das geringste Interesse, doch je öfter das dicke Insekt den verbotenen Bereich überflog, desto mehr Katzenohren regten sich.

Nur einen Sekundenbruchteil später schlossen sich Sherkhan, Fígaro und Cappuccino Smokeys Mission an und ließen ihre Pfoten durch die Luft sausen, um den Flug der Fliege zu stoppen.

Während Nagore dem Hin- und Hergerenne mit entsetztem Blick folgte, fiel ihr gleichzeitig auf, dass sich die anderen drei

Mitglieder der Katzensippe vollkommen aus der Sache raushielten.

Chan, der einäugige weiße Riese, schlief neben Blue auf einem Regal mit Plüschkatzen. Nur ihre Hinterteile berührten sich.

Licor, der jüngste Mitstreiter, schlummerte unter einer der Bänke.

Nagore sagte sich, dass die sieben Katzen wesentlich besser mit ihrem Schicksal zurechtkamen als sie. Keine von ihnen hatte bisher ein angenehmes Dasein geführt und konnte einen lupenreinen Lebenslauf vorweisen, aber dennoch schliefen und spielten sie, liefen herum und neckten sich gegenseitig, *als ob es kein Morgen gäbe.*

Sie genossen das Leben mit einer Leidenschaft, die Nagore nicht vorweisen konnte.

Mit einem olympiareifen Sprung gelang es Smokey schließlich, die Fliege zu erwischen. Die drei anderen versuchten, sie zu umzingeln, doch die siegreiche Katze durchbrach den Kreis und verschwand mit der Trophäe zwischen den Zähnen im Gang zur Gästetoilette.

Ihres Spielzeugs beraubt, durchstreiften die drei anderen eine Weile das Café, tranken hier und da einen Schluck Wasser oder gönnten sich ein wenig Futter, bis sie sich schließlich wieder zur Ruhe legten.

In die Betrachtung der Choreografie der Katzen versunken, entspannte sich Nagore ein wenig. Vielleicht war in Wirklichkeit nichts so wichtig, wie sie glaubte, und es ging nur darum zu leben.

Ziemlich erhitzt kam Yumi fünf Minuten vor der Eröffnung des Cafés zurück. Nachdem sie ihre Tasche auf die Theke gelegt hatte, sah sie noch einmal in den Computer und erklärte nervös: »Das erste Paar, das einen Tisch reserviert hat, müsste jeden Moment kommen.«

Beinahe gleichzeitig öffnete ein junger Mann mit Brille die Eingangstür, und Yumi eilte zum Empfangsbereich hinüber. Sie wechselten ein paar Worte und traten dann durch die zweite Tür herein.

»Das ist Sebastián, meine Liebe. Sebas für seine Freunde. Er gehört sozusagen zur Familie, denn er hat das Lokal, wie es jetzt ist, entworfen und somit geholfen, das Neko Café möglich zu machen. Und ich glaube, er ist das einzige menschliche Wesen, das Blue mag.« Yumi wandte sich an den jungen Mann: »Nagore arbeitet jetzt hier und wird dir bringen, was du möchtest. Einen Kaffee mit Schnurrhaaren?«

»Ja, danke! Übrigens, wo ist denn mein Mädchen?«, fragte Sebas und sah sich um, während Nagore ihren ersten Milchkaffee zubereitete und antwortete: »Auf der Bank neben Chan.«

»Ah … Dann setz ich mich zu ihr, nur, um in ihrer Nähe zu sein, okay? Ich kenne die Regeln und werde sie nicht wecken.«

Yumi lächelte zufrieden, während sie sich wieder dem Eingang zuwandte, um ein Paar willkommen zu heißen.

Am späteren Nachmittag kamen eine Gruppe lärmender Jugendlicher und zwei weitere Paare. Und dann wurde es chaotisch: Ein junges Mädchen trat versehentlich auf Cappuccinos Schwanz, der sich fauchend wehrte und dann die Flucht ergriff.

Nagore musste den Erste-Hilfe-Kasten holen, um die Kratzer am Knöchel des Mädchens zu verarzten, das vor Schreck in Tränen ausgebrochen war.

Kurz bevor es an der Zeit war, das Café zu schließen, waren die Katzen angesichts der lauten Stimmen und der übertriebenen Aufmerksamkeit derart überreizt, dass sie deutlich feindseliger und scheuer geworden waren. Nagore ging es nicht anders, und überrascht stellte sie fest, dass sie zum ersten Mal auf der Seite der Katzen war.

Wenn sie nicht damit beschäftigt war, Kuchen oder »Kaffee mit Schnurrhaaren« zu servieren, stellten die Gäste ihr Fragen über die Katzen, die sie zum Teil nur schlecht beantworten konnte. Außerdem mahnte sie wiederholt: »Bitte lasst sie schlafen!«, »Fass die mit dem gelben Halsband bitte nicht an!«, »Bitte lass sie einen Moment in Ruhe!«

Letzteres rief sie einem der Jugendlichen zu, der nicht aufhörte, Blue zu belästigen, die sich in einer Ecke unter den Bänken verkrochen hatte.

Nagore beschloss, im Hintergrund ein wenig Klaviermusik zu spielen, damit sich alles ein wenig beruhigte. Yumi lobte ihre Idee mit erhobenem Daumen, während sie einen Kuchen in den Ofen schob, und Fígaro, die schwarz-weiße Katze mit dem halben Schnurrbart, sprang auf der Flucht vor den Liebkosungen all der unbekannten Menschen auf die Theke, fest entschlossen, dort zu bleiben, um sich die Musik aus der Nähe anzuhören.

Von diesem Beobachtungsposten aus sah er zu, wie nur Licor bereitwillig mit den jungen Leuten spielte, die ihn Bändern und Röhren hinterherrennen ließen.

»Die ist ja süß!«, rief die Anführerin der Gruppe.

Nachdem die Jugendlichen gegangen waren, kehrte für kurze Zeit wieder Ruhe ein, doch gleich darauf kamen zwei weitere Paare und eine Gruppe von drei Leuten herein.

Yumi schien voll in ihrem Element zu sein: Sie unterhielt sich mit den Gästen, die Englisch konnten – was in dem angesagten Viertel Gràcia nicht selten war –, und zählte die Vorzüge jeder

Katze auf, um den Weg für eine Adoption zu ebnen, was offenbar gar nicht so leicht war.

Der alte Chan sorgte für eine kleine Showeinlage, als er, von dem Trubel verunsichert, auf dem Weg zur Katzentoilette beinahe von der Bank fiel.

Um acht Uhr, kurz bevor das Café schloss, kam noch ein letzter Gast, ein Mann mittleren Alters mit kurzem schwarzem Haar. Er trug eine Chinohose und ein schwarzes Poloshirt und stellte zu seinen Füßen eine Kiste ab, in der Nagore Bücher vermutete. Dabei strahlte er eine beinahe orientalisch wirkende Diskretion und Anmut aus.

Während er auf einer der Holzbänke saß, kam Chan langsam näher, um ihn zu inspizieren. Er schnüffelte zuerst an der Kiste und dann an den Schuhen des Mannes. Das, was er wahrnahm, schien ihm Vertrauen einzuflößen, denn nach einem sanften Sprung machte er es sich neben dem Mann bequem.

Nachdem sich Yumi eine Minute mit dem späten Besucher unterhalten hatte, machte sie Nagore ein Zeichen, wobei sie mit beiden Zeigefingern auf ihre Wangen wies, was bedeutete, dass sie noch einen Kaffee mit Schnurrhaaren bringen sollte. In Nagore, die inzwischen mehr als ein Dutzend dieser Kreationen gefertigt hatte, war wieder die Grafikdesignerin erwacht, und sie hatte Yumis Kunstfertigkeit auf der Milchschaumleinwand längst übertroffen.

In der letzten halben Stunde herrschte eine wohltuende Ruhe, und während der letzten Minuten war der Mann in Schwarz, der mit einem Füllfederhalter etwas in einen Notizblock schrieb, der einzige Gast. Chan ruhte mit halb geschlossenen Augen immer noch an seiner Seite. Wie es aussah, schien beiden die stillschweigende kontaktlose Gesellschaft zu gefallen.

Als die Uhr, die oben im Raum hing und die Form einer Katze hatte, deren Pendel den Schwanz darstellte, halb neun anzeigte, räumte der Mann folgsam seine Sachen in seinen Rucksack, und, nachdem er bezahlt hatte, verabschiedete er sich mit einer leichten Handbewegung. Aus seinen blauen Augen war eine Mischung aus Zurückhaltung und Höflichkeit herauszulesen.

Der lange Tag war endlich vorbei. Yumi schloss die Tür ab und brach das japanische Protokoll, indem sie Nagores Hände in die ihren nahm und mit glänzenden Augen sagte: »Herzlichen Glückwunsch! Du hast dich hervorragend um die zwei- und vierbeinigen Gäste gekümmert.«

»Ich weiß nicht, was ich sagen soll.« Nagore lächelte erschöpft. »Ich bin stolz, dass ich noch lebe.«

Yumi füllte gerade zwei Gläser mit kaltem grünem Tee, als sie aus dem Gang einen seltsamen Laut hörten. Durch die Toilettentür war ein schabendes Geräusch zu hören, als ob eine Katze dahinter eingesperrt wäre und sich mit einem Kratzen an der Tür bemerkbar mache wollte.

Dass Smokey neugierig und wie hypnotisiert auf die Tür starrte, bestätigte die Vermutung.

Als die beiden Frauen näher kamen, wurde das kratzende Geräusch auf der anderen Seite der Tür durch ein leises Miauen ersetzt. Yumi öffnete die Tür und sah ihre Angestellte verblüfft an. Denn bei der Katze in der Toilette handelte es sich nicht um einen ihrer Schützlinge.

Eine große schwarze langhaarige Katze sah sie mit ihren gelben Augen friedlich an.

Nagore war die Erste, die wieder etwas sagen konnte.

»Aber … Wo kommt denn diese Katze her?«

8.

Gelassenheit, Mut und Weisheit

Als Yumi die unbekannte Katze hochheben wollte, flitzte diese davon und versteckte sich unter dem Schrank, in dem das Futter aufbewahrt wurde. Der Raum unter dem Schrank war so schmal, dass es nicht möglich war, sie daraus hervorzuholen, sodass Yumi beschloss, erst mal allen Katzen etwas zu fressen zu geben, diesmal wohlverdiente Dosen mit Fleisch in Soße.

»Stell die Näpfe in die Nähe der Bänke«, bat sie Nagore. »Ich werde einen vor dem Schrank platzieren. Mal sehen, ob wir unseren blinden Passagier so hervorlocken können.«

Als die sieben Katzen zu fressen begannen, beobachteten sie genau, was in dem Versteck des Eindringlings vor sich ging. Der Napf mit dem Dosenfutter stand etwa anderthalb Meter vor dem Schrank. Wenn die Katze die Leckerei haben wollte, blieb ihr also nichts anderes übrig, als hervorzukriechen.

In den ersten Sekunden passierte gar nichts. Dann zeigte sich vorsichtig eine schwarze Pfote, die sich wie auf der Suche nach dem Leckerbissen vorantastete. Als feststand, dass sich der Napf nicht so einfach in die Höhle hereinbugsieren ließ, kam eine schwarze Schnauze zum Vorschein, aus der gleich darauf ein ganzer schwarzer Kopf samt dem dazugehörigen Körper wurde.

Yumi machte Nagore ein Zeichen, nicht näher heranzugehen, um die Katze, von der sie nicht wussten, wie sie hereingekommen war, nicht zu erschrecken.

Diese beschnupperte das Essen vorsichtig, bevor sie zu fressen begann. Nach ein paar argwöhnischen Blicken fing sie langsam und mit einer für einen Fremden ungewöhnlichen Bedächtigkeit an zu kauen.

Die Katzensippe schien die Gegenwart der Unbekannten nicht zu bemerken. Dafür waren alle zu sehr mit ihrem Abendessen beschäftigt, das ihnen wesentlich besser gefiel als solch wenig nahrhafte Gedanken.

Als die fremde Katze ihr Mahl beinahe beendet hatte, hob Yumi sie mit geübten Handgriffen hoch und nahm sie mit in den nur für das Personal zugänglichen Bereich des Lokals, wo Nagore schon auf die beiden wartete.

»Wir wollen dich nur mal genau ansehen, Süße«, sagte Yumi zu der Katze, während sie diese auf dem Boden absetzte. »Nagore, in dem Regal rechts neben dir steht ein Glas mit Katzenminze. Könntest du mir bitte eine Handvoll davon geben?«

Nagore hatte noch nie von diesem Kraut gehört, aber mit einem Blick auf die verschiedenen Gläser, die dort standen, war das richtige schnell gefunden.

Überrascht stellte sie fest, dass der vierbeinige Eindringling in dem kleinen Lagerraum, in dem sie ihn eingesperrt hatten, nicht aufgeregt hin und her lief. Mit der gleichen Ruhe, mit der er gefressen hatte, spazierte er nun in dem eingegrenzten Bereich umher.

Yumi nahm etwas von dem Kraut und hielt es der Katze vorsichtig vor die Nase, die auf dieses unerwartete Angebot überrascht reagierte. Anschließend legte Yumi etwas davon auf den Boden, damit das Tier es in Ruhe beschnüffeln konnte.

»Das ist ein alter Trick, den ich von unserem langjährigen Tierarzt gelernt habe«, erklärte Yumi. »Kleine Mengen *Nepeta cataria* wirken beruhigend auf sie. Manchmal verhalten sie sich sogar, als ob sie unter Drogen stünden. Schau, es funktioniert schon.«

Nachdem die Katze ein bisschen an dem Kraut herumgekaut hatte, wälzte sie sich darauf und blieb dann, mit verlorenem Blick ins Leere starrend, auf dem Rücken liegen.

Yumi streichelte sie ein bisschen und drehte sie dann herum, um sie zu untersuchen.

»Es ist ein Männchen, was ich bei dem langen Fell nicht gedacht hätte. Und er trägt ein Lederhalsband mit einem Anhänger.« Die Japanerin hob den Kater an, setzte ihn auf einem hohen Tisch ab und bat Nagore, ihn festzuhalten.

Bis zu diesem Moment hatte Nagore noch nie eine Katze angefasst. Niemals. Doch sosehr es ihr auch widerstrebte, hatte sie keine Wahl, als zu tun, worum Yumi sie gebeten hatte. Sie hielt den Atem an, während sie die Hand ausstreckte, um sie dem Tier auf den haarigen Rücken zu legen. Dann legte sie die andere an seinen Hals. Das Fell fühlte sich wesentlich weicher an, als sie gedacht hatte. Unerwartet seidig. Und anders, als sie gefürchtet hatte, rührte sich die Katze kein bisschen, als wolle sie ihr die Aufgabe erleichtern.

Yumi begutachtete das Halsband. Es sah aus, als wäre es handgefertigt, genau wie der Anhänger aus glänzender Bronze. Was darauf stand, war wohl der Name der Katze: *SORT*. Und auf der anderen Seite des Anhängers war in sehr kleiner Schrift der folgende Text zu lesen:

Gott, gib mir die Gelassenheit,
Dinge hinzunehmen,
die ich nicht ändern kann,
den Mut, Dinge zu ändern,
die ich ändern kann,
und die Weisheit,
das eine vom anderen
zu unterscheiden.

»Hey, bist du Sort?«, fragte Yumi die Katze.

Diese gähnte und stieß dann ein leises Miauen aus.

»Kann ich sie wieder loslassen?«, flehte Nagore, die das Gefühl hatte, die größte Heldentat ihres Lebens vollbracht zu haben.

Yumi nickte und griff gleichzeitig nach dem Tier, um es wieder auf den Boden zu setzen.

»Die Katzenminze benebelt sie. Daher ist sie hier unten besser aufgehoben; so kann sie nicht runterfallen. Sehr unwahrscheinlich, dass das eine Straßenkatze ist.«

»Vielleicht hat sie sich verlaufen«, sagte Nagore, die erstaunt beobachtete, mit welcher Gelassenheit das Tier darauf wartete, was als Nächstes in dem kleinen Raum geschehen würde.

»Möglich … Jedenfalls können wir den Kleinen nicht hier drin lassen. Mal sehen, wie er sich mit den anderen versteht. Ich kümmere mich darum, meine Liebe. Du solltest schon seit einer ganzen Weile zu Hause sein.«

Nachdem sich Nagore bei ihrer Chefin bedankt hatte, holte sie ihre Sachen. Es war ein langer Tag gewesen – mit einem überraschenden Ende, wobei Yumi noch eine weitere Überraschung für den nächsten Tag auf Lager hatte:

»Du musst mit unserem Neuling morgen, bevor wir das Café für die Gäste öffnen, zum Tierarzt gehen. Ich schreib dir die Adresse auf.«

Tierarzt?!, dachte Nagore entsetzt. Sie hatte noch nie das Sprechzimmer eines Tierarztes von innen gesehen, geschweige denn mit einer Katze.

Sie wollte gerade die erste Tür öffnen, um dem Katzenhort zu entfliehen, als Yumi sie fragte: »Und? Wie hat dir dein erster Arbeitstag gefallen?«

Leicht beunruhigt atmete Nagore einmal tief durch, bevor sie antwortete: »Ich glaube, ich habe schon einiges über Katzen gelernt.«

In diesem Moment beschloss Sort, das Abenteuer zu wagen und den Gemeinschaftsraum des Neko Cafés zu betreten, wo sofort sämtliche Augen, Nasen und Ohren auf ihn gerichtet wurden.

»Na ja, jetzt hast du noch einen Lehrer mehr! Es war ein langer Tag, vielen Dank, dass du ihn mit uns verbracht hast. Jetzt gehörst du zur Familie.«

Nagore bedankte sich bei Yumi und verließ das Lokal mit dem Gefühl, ihr halbes Leben darin verbracht zu haben.

All das, was an diesem Tag geschehen war, musste sie erst einmal verarbeiten. Sie löste ihr Haar, das ihr beim Gehen locker auf die Schultern fiel. Plötzlich war ihr in der Jeans und den Stiefeln unendlich heiß. Vielleicht konnte sie es am nächsten Tag wagen, Sandalen anzuziehen.

Bei all dem ging ihr der Spruch nicht aus dem Kopf, der auf dem Anhänger am Halsband des Neuankömmlings stand. Ich glaube, dass ich immer versuche, die Dinge zu ändern, die ich einfach akzeptieren sollte, dachte sie, während sie ihren Schritt beschleunigte, als wolle sie vor sich selbst flüchten.

Während der Trubel in den Straßen sie ins normale Leben zurückholte, erinnerte sie sich an die Gelassenheit des kleinen Eindringlings mit dem schwarzen Fell, den nichts zu beunruhigen schien. Dies war die zweite Lektion, die sie von den Katzen gelernt hatte: *Immer die Ruhe bewahren.*

»Ich wünschte, das träfe auf mich zu«, sagte sie sich, während sie ohne Grund ihre Schritte beschleunigte.

9.

Abendlicher Spaziergang

Der Abend wurde kühler, und Nagore hatte Lust auf frische Luft. Daher ging sie an dem Haus vorbei, in dem sie wohnte, weiter durch die Fußgängerzonen und an den Terrassen auf den Plätzen entlang. Dann nahm sie die Calle Verdi, die zum Park Güell hinaufführte.

Sie versuchte, in all dem, was sie seit der Trennung von Owen erlebt hatte, einen Sinn zu sehen, doch es war ihr noch immer unmöglich.

Sie selbst hatte die gerade mal zwanzigjährige Schottin, die winzige Bilder auf Kronenkorken malte, unter ihre Fittiche genommen. Owen war sicher gewesen, dass niemand ein Kunstwerk kaufen würde, das nicht mal drei Zentimeter breit war, egal, zu welchem Preis. Doch Nagore hatte ihn davon überzeugen können, dass die bemalten Kronenkorken das perfekte Mitbringsel für die durch Whitechapel flanierenden kunstinteressierten Touristen waren, die stets nach etwas Besonderem suchten.

Und tatsächlich, bereits innerhalb des ersten Monats hatten sie sämtliche Werke verkauft, sodass die Künstlerin die Produktion erhöhen musste. Besonders gefragt waren Motive von der Brick Lane mit ihren Gebäuden aus dem Industriezeitalter. Die wurden ihnen buchstäblich aus den Händen gerissen, sodass Owen die junge Frau dazu zu bringen versuchte, vor allem solche Bilder zu malen. Später hatte er ihr vorgeschlagen, sie solle Serien von vier und fünf bemalten Kronenkorken herstellen, die gerahmt zu einem wesentlich höheren Preis verkauft werden konnten.

Aufgrund des Erfolgs wurde die Zusammenarbeit zwischen den beiden immer enger. Bis Nagore eines Tages, an dem sie nicht in der Galerie erwartet wurde, weil sie zu ihrem Yogakurs hatte gehen wollen, dort vorbeisah und die beiden turtelnd auf dem Sofa erwischte.

Nach beinahe neun gemeinsamen Jahren hätte sie Owen diesen Ausrutscher verziehen, doch er wollte gar nicht, dass ihm verziehen wurde. Er war nicht bereit, auf diese Romanze zu verzichten, die ihn in seine jungen Jahre zurückversetzte.

Vielleicht beginnt alles mit Dingen, die so klein sind wie die Bilder dieser Verräterin, sagte sich Nagore, während die Straße immer steiler bergauf führte. Und die großen Dinge geschehen, weil wir die kleinen nicht beachtet haben.

Sie hätte zu ihren Eltern nach Nordspanien zurückkehren können, aber das erschien ihr in ihrem Alter eine ziemlich erbärmliche Lösung. Daher hatte sie das Abenteuer gewagt, sich in Barcelona ein neues Leben aufzubauen.

Der Weg den Hügel hinauf war äußerst schweißtreibend, weshalb sie in ein Geschäft trat, um sich eine Flasche Wasser zu kaufen. Wieso hatte sie überhaupt eine lange Hose und geschlossene Schuhe an? »Verdammt, die Katzen!« Sie beschloss, das Wagnis einzugehen, ihren zweiten Arbeitstag in leichterer Kleidung anzutreten. Vielleicht könnte sie einen langen Rock anziehen.

Als sie in den Bereich des Park Güell kam, wo sich keine Werke von Gaudí befanden, belebte die milde Luft sie ein wenig, und da es dort genügend Rasen gab, zog sie die Stiefel aus, nachdem sie das Gras genau inspiziert hatte, weil sie nicht in Hundekot treten wollte.

Sie setzte sich und lehnte den Rücken an einen Baumstamm, um auf das Labyrinth der Stadt hinabzublicken, dann schloss sie die Augen, um die leichte Brise zu genießen, die mit ihrem Haar spielte. Aus irgendeinem unerklärlichen Grund kam ihr in diesem Moment der idyllischen Entspannung der mysteriöse Sort in den Sinn.

Diese Katze war wie aus dem Nichts in dem Café aufgetaucht, nachdem sie zwei Türen hinter sich gelassen hatte, die sie doch eigentlich gar nicht öffnen konnte. Und später war sie nach dem anfänglichen Schrecken durch das Lager spaziert, als wäre es das Selbstverständlichste der Welt. Und dann dieser philosophische Anhänger an ihrem Halsband … Die Katze mit den gelben Augen. Die erste Katze, die sie in ihrem ganzen Leben angefasst hatte.

Nagore legte die Handflächen aufs Gras. Sie hatte das Bedürfnis, darüber zu streichen, zu spüren, wie die schmalen Halme zwischen ihren Fingern entlangglitten.

Auch wenn sie es ungern zugab, war es ein angenehmes Gefühl gewesen, das Tier zu berühren. Eine Katze mit einem so dichten, langen Fell fühlte sich an wie ein Luftballon, nur viel, viel weicher.

Sort, sagte sie sich im Stillen.

Obwohl sie nur wenig Katalanisch verstand, wusste sie, dass dieses Wort »Glück« bedeutet. Nagore fragte sich, ob dieser gutmütige Kater ihr vielleicht Glück bringen würde. Doch zunächst war er der einzig Glückliche, weil er auf unerklärliche Weise im Katzenparadies gelandet war.

Als sie aufstand, war ihr schwindelig. Es wurde bereits dunkel. Ungeschickt zog sie sich die Stiefel wieder an und richtete sich danach vorsichtig auf.

Als sie den Park verließ, um auf die Straße zurückzukehren, wurde sie von einem angenehmen Gefühl der Ruhe erfasst. Zum ersten Mal seit langer Zeit, vielleicht seit Jahren, fühlte sie sich frei.

10.

Dazu gehören immer zwei

Um kurz nach acht wachte Nagore auf, weil sie Hunger hatte. Ihr grummelnder Magen erinnerte sie nachdrücklich daran, dass sie vor Nervosität an ihrem ersten Arbeitstag im Neko Café kaum etwas gegessen hatte.

In ihrer Küche sah es aus wie auf einem Schlachtfeld, daher stellte sie alles in die Spüle – zumindest das, was hineinpasste – und nahm sich fest vor, noch am selben Tag gründlich sauber zu machen. Aber … so eilig war das ja nicht. Die frische Milch im Kühlschrank lockte sie viel mehr, vor allem mit etwas Kakaopulver.

Sie hatte noch Zeit bis zu ihrer Verabredung mit Amanda, die aus Marrakesch zurückgekommen war und ein Treffen am Strand vorgeschlagen hatte, um Neuigkeiten auszutauschen. Nagore bestrich ein paar Scheiben geröstetes Brot mit einem Rest Orangenmarmelade, die sie noch hatte, und warf einen sehnsüchtigen Blick zur Kaffeemaschine.

Die göttliche Brotvermehrung gab es leider nur in der Bibel. Jedenfalls hatten sich die Kaffeekapseln in ihrer Wohnung nicht auf wundersame Weise vermehrt.

Während sie resigniert ihren Kakao trank, sagte sie sich, dass ihr ein paar Stunden am Strand sicher guttun würden. Denn so konnte sie sich, auch wenn sie um zwei zur Arbeit erscheinen musste, bis dahin einbilden, im Urlaub zu sein.

Wie üblich sah Amanda mit ihrem halblangen blonden Haar und der gebräunten Haut fantastisch aus. Alles an ihr war perfekt, vor allem ihre schlanke Figur in dem bernsteinfarbenen Bikini, der genau zur Farbe ihrer Augen passte. Dazu trug sie einen langen weißen Rock und eine marineblaue Strandtasche über der Schulter.

Der erfrischende Schatten an der Bar am Strand von Poblenou, wo sie sich häufig trafen, ließ Nagores Haut noch bleicher wirken, als sie ohnehin schon war, und hob die dunklen Ringe unter ihren Augen hervor.

»Du brauchst wirklich dringend ein Sonnenbad!«, sagte Amanda besorgt. »Komm, wir trinken einen Kaffee mit Eiswürfeln und legen uns dann in die Sonne.«

Sie griff nach Nagores Hand und zog sie hinter sich her, als wären sie noch die fröhlichen neunzehnjährigen Mädchen, die sie einmal gewesen waren und denen die Welt offengestanden hatte.

Der starke bittere Kaffee hatte Nagores Sinne belebt.

»Danke«, sagte sie seufzend, nachdem sie sich auf ihrem türkisfarbenen Handtuch niedergelassen hatte.

Ihr weißer Bikini wirkte so, wie sie derzeit aussah, nicht gerade vorteilhaft, aber im Moment hatte sie keine Alternative. Allerdings war es in dieser Phase ihres Lebens ihr geringstes Problem, ob sie anderen gefiel oder nicht. Es war schon schwer genug, sich selbst zu akzeptieren.

»Wie geht es dir in Marrakesch? Läuft es gut mit …? Entschuldige, ich hab seinen Namen vergessen. Die Männer an deiner Seite wechseln so häufig, dass ich den Überblick verloren hab.«

»Du übertreibst maßlos! Marrakesch ist nur eine Durchgangsstation, aber mir wäre lieber, Roberto wäre zu Hause geblieben. Er sieht gut aus, ist sportlich und ein netter Kerl, aber … Ich weiß nicht, er ist langweilig. Sehr gut im Bett, aber danach gibt es nichts, worüber man mit ihm reden kann.«

»Man kann nicht alles haben«, mahnte Nagore liebevoll. »Bei dem Letzten hat dir die Leidenschaft gefehlt. Wie hieß er noch? Lucas? Ja, Lucas.«

»Lucas war mir zu intellektuell. Stets korrekt, sodass ich manchmal Lust hatte, ihm eine Ohrfeige zu verpassen, um zu sehen, ob er überhaupt ein Mensch ist.«

Nach der kurzen Unterhaltung blickten sie eine Weile schweigend auf die Wellen. Nagore musste darüber lächeln, dass Amanda trotz des Erfolgs, den sie hatte, stets unzufrieden war.

»Mit Lucas hast du es nur zwei Monate ausgehalten und mit Roberto nicht mal das. Fällt dir auf, dass deine Beziehungen immer kürzer werden?«, meinte sie, während Amanda genervt die Augen verdrehte.

Sie machte eine abwehrende Geste mit der Hand und schlug, anstatt zu antworten, vor: »Kommst du mit schwimmen? Ich glühe!«

Nagore sprang auf und rannte zum Meer, ohne noch irgendwas zu sagen oder auf Amanda zu warten, die ihr lachend etwas hinterherrief, das sie nicht verstand, und ihr folgte.

Es war wunderbar, lachend in den Wellen zu planschen und alles andere zu vergessen. Wie in den guten alten Zeiten.

Als sie sich abtrockneten, füllte sich der Strand nach und nach immer mehr mit Familien mit Kindern, und eine Gruppe Jugendlicher legte ihre Handtücher direkt in ihrer Nähe auf den Sand.

Sie ließen sich in der Sonne trocknen, und Nagore sagte zu Amanda: »Danke, dass du Lucía von meinen Geldproblemen erzählt hast. Wenn ihr nicht gewesen wärt …«

»Dann hättest du jetzt nicht wie eine alte Katzenliebhaberin ein Rudel Viecher am Hals. Ich hab schon davon gehört.« Sich mühsam das Lachen verkneifend, fügte Amanda hinzu: »Ich muss dich da unbedingt mal besuchen kommen! Darf ich? Bitte!«

»Eins nach dem anderen, meine Liebe. Ich muss mich erst richtig einarbeiten und … hör auf, dich darüber lustig zu machen. Ich finde es nämlich überhaupt nicht witzig, meine Nachmittage an diesem Ort zu verbringen!«

Auf einmal fühlte sich Nagore lächerlich und verletzbar. Da sie gerade auf dem Bauch lag, drängte sie die Tränen, die ihr kamen, nicht zurück und weinte still, wobei sie nicht bemerkte, dass Amanda ihr die Hand auf die Schulter gelegt hatte.

»Es tut mir leid, okay? Du weißt ja, dass ich manchmal wie ein Elefant im Porzellanladen bin«, sagte die Freundin. »Hör mal, ich bin sehr stolz auf dich, weil du den Job in dem Katzencafé angenommen hast. Herzlichen Glückwunsch!«

»Du kannst mir gratulieren, wenn ich den Job Ende der Woche noch hab. Heute muss ich mit einer Katze zum Tierarzt. Ich sterbe vor Angst, aber ich werd es versuchen. Stell dir vor, gestern hab ich sogar eine der Katzen angefasst!«

Amanda sah sie mit großen Augen an. »Das glaub ich nicht! Du willst mich veräppeln, oder? *Du* hast eine Katze angefasst? Wow! Oder besser gesagt: Miau!«

Nagore warf einen Blick auf die Zeitanzeige ihres Handys. »Ich muss mich auf den Weg machen. Denn bevor ich ins Café gehe, möchte ich schnell noch duschen und was essen. Steht unsere Verabredung für Freitagabend noch?«

»Aber sicher!«, erwiderte Amanda voller Vorfreude. »Vielleicht kann Lucía ja auch kommen. Es ist lange her, dass wir zum letzten Mal zu dritt ausgegangen sind.«

Während Nagore sich die Jeans anzog, sah Amanda sie nachdenklich an. Nagore packte ihre Sachen ein und bückte sich noch einmal zu ihrer Freundin hinunter, um sich mit einem Wangenkuss von ihr zu verabschieden.

»Je schneller du London und dein Leben dort vergisst, umso besser«, konnte sich Amanda nicht verkneifen zu sagen. »Es lief doch schon ein paar Jahre nicht mehr gut mit euch beiden. Schon bevor die Tussi mit den Kronenkorken aufgetaucht ist. Am Ende einer Beziehung ist nie einer allein schuld, dazu gehören immer zwei.«

11.

Wenn noch sieben Leben vor einem liegen

Nagore verbrachte zwanzig Minuten unter dem erfrischenden Wasserstrahl der Dusche und dachte über das nach, was Amanda gesagt hatte. Sicher hatte Amanda recht, aber letztendlich war es ihr – Nagores – Leben. Und wenn sie sich jahrelang im Schmerz suhlen wollte, hatte sie absolut das Recht, das zu tun.

In ihre Gedanken versunken, vergaß sie die Zeit und musste schließlich rennen, um noch einigermaßen pünktlich im Café aufzutauchen. Um nicht noch später zu kommen, aß sie nur schnell unterwegs ein Bocadillo.

Als sie an ihrem Arbeitsplatz eintraf, hatte Yumi die Katzen bereits gefüttert und auch die Katzenklos schon gesäubert. Aber sie schien nicht verärgert zu sein. »Ich habe beim Tierarzt einen Termin in einer Viertelstunde vereinbart, obwohl sie die Praxis eigentlich um zwei schließen. Du musst dich beeilen, um das noch zu schaffen. Die Transportbox steht im Lager.«

»Transportbox« war ein neuer Ausdruck in Nagores Wortschatz, aber sie ging davon aus, dass es sich um eine Plastikbox mit Henkel handelte, wie sie sie schon mal auf der Straße gesehen hatte.

Allerdings hatte Yumi vergessen, ihr zu sagen, dass die Katzen die Box vorher nicht sehen durften. Denn es war wesentlich einfacher, umgekehrt vorzugehen: die betreffende Katze in den Lagerraum zu bringen und sie in die Box zu setzen.

Ahnungslos, wie Nagore war, holte sie die Transportbox und stellte sich damit mitten ins Café, um Sort hineinzubugsieren. Doch als die Katzen sie mit dem Teil dort stehen sahen, stoben sie in alle Richtungen davon, als wäre der Teufel hinter ihnen her. Die Helden verkrochen sich unter den Bänken und beobachteten Nagore von dort aus, um rechtzeitig die Flucht ergreifen zu können, sollte es ihnen an den Kragen gehen.

Als Yumi ihre neue Mitarbeiterin auf Probe vollkommen konsterniert mit der Transportbox im Raum stehen sah, musste sie lachen. »Es tut mir leid! Ich habe vergessen, dir zu sagen, dass Katzen es hassen, zum Tierarzt gebracht zu werden. Sobald sie ahnen, dass ein solcher Besuch auf dem Programm steht, verstecken sie sich. Mal sehen, was wir machen können.«

Yumi beschloss, einen Teil des Abendessens vorzuziehen, und bat Nagore, ein wenig von dem Dosenfutter, das die Katzen so sehr liebten, in die Näpfe zu füllen.

Sie stellten sie in die Mitte des Raums, aber die Katzen waren nicht blöd und schienen genau zu wissen, was sie vorhatten.

Die Minuten zogen sich dahin. Der Erste, der es wagte, sein Versteck zu verlassen, war Cappuccino, der ausgesprochen verfressen war. Und als die anderen sahen, dass nichts geschah, gesellten sie sich nach und nach dazu.

Der Letzte, der kam, war Sort. Er versuchte, einen freien Futterplatz zu finden, was jedoch nicht möglich war. Vor allem, weil sich Capuccino wie zwanghaft über jeden Napf hermachte, an dem gerade nicht gefressen wurde.

Schließlich erwischte Sort doch noch ein paar Happen, und Yumi nutzte die Gelegenheit, um sich ihm von der Theke aus langsam und vorsichtig zu nähern, bis sie ihn im Nacken packen konnte.

Die anderen Katzen ergriffen erneut die Flucht, und Sort versuchte, sich zu befreien, doch Yumi hatte ihn sicher im Griff.

»Nagore, könntest du bitte die Box herbringen?«

Zu zweit gelang es ihnen, Sort darin einzusperren. Und als er einmal drin war, wirkte er sogar recht ruhig.

»Was für eine friedliche Katze!«, meinte Yumi, als sie das sah. »Normalerweise drehen sie vollkommen durch, wenn sie eingesperrt sind. Und jetzt beeil dich, sonst schließt die Ärztin die Praxis doch noch, bevor du kommst.«

Nagore merkte gleich, dass Sort kein Leichtgewicht war. Sie versuchte, möglichst gleichmäßig zu gehen, um die Katze nicht zu erschrecken, denn sie glaubte nicht, dass sie damit fertigwerden würde, wenn es einen Aufstand in der Transportbox gab.

Endlich am Ziel angekommen, war sie äußerst erleichtert.

Die Ärztin erwartete sie in ihrer grünen Arbeitskleidung. Sie war eine mollige Frau, die sich offensichtlich mehr für das Tier in der Box interessierte als für denjenigen, der beides mitgebracht hatte.

Während sie die Box vorsichtig öffnete, um die Katze darin hervorzulocken, fiel Nagore eine Seite aus einem Kinderbuch ins Auge, die in einem Rahmen an der Wand hing: *La vuelta al año en 365 cuentos – Ein Jahr in 365 Geschichten* – von Gabriel García de Oro.

Auf der eingerahmten Seite war die Geschichte vom 27. Januar zu sehen, und als Nagore den Titel las, wusste sie gleich, dass sie dort hing, um von den Frauchen und Herrchen der tierischen Patienten gelesen zu werden.

DIE SIEBEN LEBEN EINER ÄNGSTLICHEN KATZE
Es war einmal eine ängstliche Katze, die nicht auf Bäume kletterte, für den Fall, dass sie nicht mehr herunterkam. Sie sprang niemals besonders hoch, um sich nicht zu verletzen, wenn sie wieder auf dem Boden landete. Sie jagte auch keine Mäuse, um nicht irgendwo gegenzulaufen. Sie spielte nicht mit Wollknäueln, um sich nicht zu verheddern. Sie putzte sich nicht mehr als unbedingt nötig, um keine Haare zu verschlucken. Sie fuhr auch nie ihre Krallen aus, um sich nicht aus Versehen zu kratzen. Und weißt du was? Diese Katze lebte viele Jahre, aber als sie starb, hatte sie noch keines ihrer sieben Leben gelebt.

Nagore dachte darüber nach, während die Tierärztin Sort routiniert untersuchte, der überraschend brav alles mit sich machen ließ. Diese Geschichte hatte Nagore vollkommen aus dem Gleichgewicht gebracht. Denn auf einmal wurde ihr klar, dass sie bis vor gar nicht allzu langer Zeit genauso gewesen war wie diese ängstliche Katze, dass auch sie nicht in der Lage war, auch nur ein Leben zu leben, falls sie denn als Mensch mehrere davon hatte.

Die Stimme der Tierärztin erreichte sie wie ein Laut aus weiter Ferne. »Diese Katze ist nicht nur vollkommen gesund, sondern auch absolut großartig.«

»Ja?«, entgegnete Nagore zerstreut.

»Ich habe noch nie eine solche Katze gesehen«, meinte die Ärztin und sah dem Tier liebevoll in die Augen. »Es scheint ihr Lebensziel zu sein, niemanden zu stören. Sort ist ein ritterlicher Kavalier.«

12.

Was bedeutet Ikigai?

Nachdem sich das Türchen der Transportbox für ihn geöffnet hatte, durchstreifte Sort das ganze Café, schnüffelte hier und dort ein bisschen herum und erlaubte, dass ihn einige seiner Katzenkollegen, die neugierig näher gekommen waren, mit ihren Nasen näher inspizierten.

Nagore stand hinter der Theke und ging die Liste mit den Reservierungen durch. Danach wischte sie mit einem Lappen die Tische ab und überzeugte sich davon, dass die Vitrine gut ausgestattet war und den Katzen genügend Spielzeug im Raum zur Verfügung stand. Dabei fielen ihr ein paar freundliche Hinterlassenschaften in den Katzenklos auf, die sie sorgsam entfernte.

Es war erst ihr zweiter Arbeitstag, aber irgendwie war es ein angenehmes Gefühl, diesen Platz in der Welt einzunehmen.

Anschließend machte sie zwei Milchkaffees nach Art des Hauses und setzte sich zu Yumi an den üblichen Tisch.

»Wahnsinn, wie schnell du das gelernt hast! Du bist eine unglaublich talentierte Zeichnerin!«

»Das ist ja nicht so schwer.« Nagore reagierte mit einem Lächeln auf das Kompliment. »Ich habe jahrzehntelang als Kommunikationsdesignerin gearbeitet und Illustrationen gezeichnet.

Aber irgendwann war ich ausgebrannt und hab damit aufgehört. Wenn ich eines Tages wieder künstlerisch tätig sein will, dann nicht mehr als Auftragskünstlerin.«

»Das kann ich gut nachvollziehen«, entgegnete Yumi nachdenklich. »Ich habe in den USA meinen MBA gemacht, wobei ich Lucía kennengelernt hab, und habe danach ein paar Jahre in Japan in der Hotelbranche gearbeitet. Bis der Punkt kam, an dem ich mich so müde und erschöpft fühlte, dass ich beschlossen habe, all das aufzugeben und mein Ikigai zu suchen.«

»Was ist ein Ikigai?«, fragte Nagore neugierig.

»Das ist das japanische Wort für das, was dafür sorgt, dass du dich lebendig fühlst, der Grund dafür, jeden Morgen aufzustehen und weiterzumachen. Manchmal wird es mit ›Leidenschaft‹ oder ›Lebensziel‹ übersetzt. Und mir hat es immer gefallen, im Ausland zu leben. Und ich liebe Katzen. Daher habe ich beschlossen, einen Teil meiner Ersparnisse in eine Reise nach Europa zu investieren. Irgendwie führte mich mein Weg nach Barcelona, und ich habe gespürt, dass dies der richtige Ort für mich ist.« Die Erinnerung zauberte ihr ein melancholisches Lächeln ins Gesicht. »Und eines Tages sah ich, wie hier im Viertel ein paar Kinder ein Katzenjunges auf der Straße mit Milch zu füttern versuchten, und da ist es mir plötzlich klar geworden.«

»Du hast dein Ikigai gefunden«, stellte Nagore fest.

»Ja. In Japan gibt es schon seit vielen Jahren Neko Cafés, die sehr gut laufen, daher habe ich beschlossen, das Geld, das ich noch hatte, in dieses Abenteuer zu investieren. Lucía hat mir geholfen und mir Sebastián vorgestellt, der dieses Lokal entworfen und vertrauenswürdige Leute für die entsprechende Gestaltung gefunden hat. Und da mein Mann derzeit nicht umziehen wollte, aber mein Ikigai respektiert, haben wir vereinbart, dass wir in einem Jahr entscheiden werden, was wir tun.«

Während Yumi ihr all das erzählte, entdeckte Nagore ein Funkeln in ihren Augen, wie sie es noch nie gesehen hatte. Vielleicht entzündete ein Ikigai, wenn man es gefunden hatte, ein Feuer im Herzen. Was wohl ihr Ikigai war?

Noch hatte sie darauf keine Antwort. Aber immerhin hatte sie nun eine Arbeit, um überleben zu können und nicht vollkommen unterzugehen.

Nachdem sie den Milchkaffee getrunken und sich einen Banoffee Pie geteilt hatten, fiel ihnen plötzlich auf, dass irgendetwas nicht stimmte: Die Katzenbande war verdächtig still.

Als sie aufstanden, sahen sie, dass der neue Kater, von sieben neugierigen Kollegen umrundet, auf einem niedrigen Tisch am Fenster saß. Er wurde von den Kratzbäumen und den Bänken aus überwacht, und drei seiner Katzengenossen hielten ihn wie eine Leibgarde vom Boden aus im Auge.

Alle hatten die Blicke auf ihn gerichtet, als erwarteten sie, eine wichtige Botschaft von ihm zu erfahren. Sogar Smokey war unter ihnen und saß neben Chan oben auf dem Kratzbaum.

So nahm die wortlose Konferenz ihren Lauf. Als Yumi vorsichtig näher trat, bewegten sich nur ein paar Ohren, Schwänze und Augenlider. Schließlich stand sie neben Sort, und der Neuankömmling sah sie an und stieß ein fragendes Miauen aus.

Nagore beschloss, sich zurückzuziehen.

Genau in dem Moment erschienen die ersten beiden Gäste, und die Konferenz löste sich auf. Der Referent verließ seinen Tisch, kehrte langsam wieder in die Anonymität zurück und begann zu fressen.

Der Nachmittag war ruhiger als der Tag zuvor, und Nagore

stellte fest, dass sie die Gespräche mit den Gästen genoss. Sie hatte die Namen der Katzen gut im Kopf und war in der Lage, den Interessenten deren individuelle Eigenheiten darzulegen.

Auch die Katzen wirkten weniger gestresst als am Vortag, weil weniger Leute im Raum waren.

Sebas kam erneut mit seiner Ledermappe und seinem anhaltenden Lächeln. Diesmal konnte er mit Blue spielen, die später entschied, eine Weile auf seinem Schoß zu kuscheln. In diesen magischen Momenten war die mürrische Dame auf einmal äußerst sanftmütig.

Auch wenn es für Yumi und Nagore nicht gerade praktisch war, zeigte sich, dass Fígaros Lieblingsplatz die Theke war. Von dort aus hatte er den ganzen Raum bestens im Blick und konnte der Musik lauschen. Sobald diese erklang, schloss der Kater jedes Mal die Augen, hob die Nase und legte vollkommen entspannt das Kinn auf die Pfoten.

Nagore unterhielt sich mit zwei Schülerinnen, die mit Cappuccino spielen wollten (der in diesem Moment überhaupt keine Lust hatte, sich mit Menschen zu beschäftigen, und sich lieber mit Licor um den Platz neben Chan stritt), als erneut der Mann in Schwarz mit den blauen Augen eintrat.

Diesmal hatte er ein Buch und einen Schreibblock dabei, die er umsichtig auf denselben Tisch legte, an dem er auch am Vortag gesessen hatte.

Nagore beobachtete ihn für eine Weile aus der Distanz. An diesem Nachmittag kam keine Katze zu ihm, was ihm jedoch nichts auszumachen schien. Als sie zu ihm trat, um ihm einen Milchkaffee anzubieten, hob er bedauernd die Handflächen und sagte: »Ich habe heute schon zu viel Kaffee getrunken, aber wenn Sie einen Tee haben … Grünen Tee vielleicht?«

Während er den Blick hob, um ihr das zu sagen, markierte er mit der Fingerspitze die Stelle im Buch, die er gerade las.

»Wir haben einen sehr guten japanischen Tee. Möchten Sie ihn mal probieren?«

»Ja, wunderbar.« Daraufhin widmete er sich wieder seiner Lektüre.

Als der Tee kurz darauf fertig war, drängten sich Nagore ein paar Fragen auf, die sie dem Gast zusammen mit dem bestellten Getränk servieren wollte. »Wir haben kein Teegebäck, aber einen hervorragenden Möhrenkuchen, wenn Sie möchten.«

»Danke, aber ehrlich gesagt, mag ich nicht so gern Süßes.«

»Erlauben Sie mir eine Frage?«

Der Mann sah sie schüchtern an.

»Wie kommt es, dass Sie sich gar nicht mit den Katzen beschäftigen? Weder gestern noch heute hatte ich den Eindruck, dass die Tiere Sie irgendwie interessieren. Entschuldigen Sie, wenn ich mich in Dinge einmische, die mich nichts angehen. Ich mag Katzen auch nicht besonders, aber ich arbeite hier und Sie nicht. Also, wenn Sie Katzen nicht mögen, warum …«

»O nein, ganz im Gegenteil!«, unterbrach er sie, bevor sie den Satz beenden konnte. »Ich liebe Katzen. Sie sind die beste Gesellschaft für einen Lesenachmittag. Es ist gar nicht nötig, sich mit ihnen näher zu beschäftigen, um von ihnen zu lernen; es reicht vollkommen, im selben Raum in ihrer Nähe zu sein.«

»Das hört sich interessant an«, meinte Nagore, ohne wirklich verstanden zu haben. »Darüber habe ich noch nie nachgedacht.«

»Ich bin der Meinung, dass wir uns so sehr daran gewöhnt haben, ständig etwas zu *tun*, sodass wir die Kunst zu *sein* verlernt haben. Doch darin sind Katzen wahre Meister. Möchtest du dich vielleicht für eine Weile zu mir setzen? Du kannst mich übrigens gern duzen. Ich heiße Marc.«

Überrascht von dem Angebot, errötete Nagore und nannte unwillkürlich ihren Namen. »Ich möchte dich nicht stören.«

»Du störst überhaupt nicht.«

»Ich bin neu hier und … Na ja, das Neko Café hat ja gestern erst eröffnet, und ständig passiert etwas«, stammelte sie nervös. »Zum Beispiel ist gestern wie aus dem Nichts eine achte Katze aufgetaucht. Diese …« Sie wies auf die große Katze mit dem langen schwarzen Fell, die in diesem Moment wie selbstverständlich mit dem Rücken auf dem Parkett lag und die Pfoten nach oben streckte.

Marc beschränkte sich auf ein Nicken, als wolle er sagen: *Im Leben geschehen oft seltsame Dinge.*

Nagore wollte gerade zur Tür hinübergehen, um ein paar Gäste zu empfangen, die im Eingangsbereich warteten, da hob Marc kurz die Hand und meinte: »Wie ich sehe, bietet ihr die Katzen zur Adoption an.«

»Ja, das ist das eigentliche Ziel des Neko Cafés … ein Zuhause für sie zu finden.«

»Dann solltet ihr eines beachten. Ich bin kein Katzenexperte, aber ich weiß, dass nicht wir die Katze auswählen, die uns gefällt, sondern die Katze wählt den Menschen aus, mit dem sie ihr Leben teilen will.«

»Dann wartest du also darauf, dass du von einer von ihnen ausgewählt wirst«, sagte Nagore darauf scherzend.

»Etwas in der Art.«

13.

Die Zeit heilt fast alle Wunden

Der Morgen war kühl, und die Luft, die sanft durchs Fenster hereinstrich, brachte den Geruch nach Regen mit sich. Nagore streckte sich, gähnte und stand mit dem Gefühl auf, tief und fest geschlafen und sich gut ausgeruht zu haben. Sie war überrascht von der Wirkung, die die ersten beiden Arbeitstage auf sie hatten. Zwei Arbeitstage mit Katzen, um genau zu sein.

Da sie für diesen Mittwochmorgen nichts anderes geplant hatte, beschloss sie, endlich das Chaos in der Küche und im Wohnzimmer zu beseitigen und sauber zu machen. Nach dem Frühstück, das aus einem gekochten Ei und geröstetem Brot mit Old Amsterdam bestand, verwendete sie ein paar Stunden darauf, alles aufzuräumen und zu putzen.

Sie hatte mit ihren Eltern einen Zeitpunkt für ein Gespräch über Skype ausgemacht. Vorher duschte sie noch rasch, um sich selbst auch sauber zu fühlen.

»Nago, wie geht es dir, Liebling? Es ist so lange her, dass wir miteinander geredet haben!«

Zunächst kam die Stimme ihrer Mutter wie aus weiter Ferne bei ihr an, doch kurz danach war sie besser zu verstehen, und ihr Gesicht mit der Lesebrille tauchte auf dem Bildschirm auf.

»Das waren doch nur zwei Wochen, Mama«, sagte Nagore und lächelte zur Begrüßung.

Egal, ob zwei Tage oder zwei Wochen zwischen ihren Skype-Gesprächen lagen, ihrer Mutter erschien es immer wie eine Ewigkeit. Da half es auch nicht, wenn sie sich zwischenzeitlich über WhatsApp oder ein normales Telefongespräch ausgetauscht hatten. Skype war da doch viel persönlicher.

»Ist Papa auch da?«, fragte Nagore leicht besorgt.

»Er kommt sofort. Er ist nur kurz im Bad. Brauchst du irgendwas, Liebes?«

»Nein, es geht mir gut.«

»Warte. Da kommt dein Vater ...«

Ihre Mutter verschwand für einen Moment vom Bildschirm, und kurz darauf waren sie beide zu sehen. Die durch ein leichtes Summen verzerrte Stimme ihres Vaters fragte: »Hallo, mein Schatz, wie geht es? Hast du einen Job gefunden?«

Angesichts der direkten Frage musste Nagore erneut lächeln. Es war typisch für ihren Vater, sofort zur Sache zu kommen.

»Ja, ich hab einen Job. Aber es ist etwas anderes, als ihr erwartet. Auch als ich erwartet habe, aber so ist das eben im Leben, findet ihr nicht auch?«

Daraufhin erzählte sie ihnen (Katzen-)haarklein, was seit Lucías Anruf am vergangenen Freitag geschehen war. Nachdem ihre Eltern die ganze Geschichte gehört hatten, sahen sie sich, in tiefes Schweigen gehüllt, besorgt an.

Es war ihr Vater, der schließlich etwas sagte: »Also ... Ich nehme an, dass das ein Übergangsjob ist, bis du etwas Anständiges gefunden hast.«

»Was verstehst du unter ›anständig‹, Papa?«

Erneute Stille. Nagore hatte einen Bleistift in der Hand und kritzelte wie in früheren Zeiten auf einem Blatt Papier herum, um den Stress abzubauen, den ihre Eltern ihr allmählich verursachten.

»Sei nicht beleidigt, Nago«, wandte ihre Mutter ein. »Das ist wohl eine Art Therapie, um deine Ängste zu überwinden. Es ist gut, wenn man mit solchen Dingen seinen Frieden macht, stimmt's, Liebling?«, sagte sie zum Schluss mit Blick auf ihren Mann, der hilflos die Arme hob und dem vom Gesicht abzulesen war, dass er anders darüber dachte, aber nun nichts dazu sagen wollte.

»Ich verdiene dabei tausend Euro im Monat«, verteidigte sich Nagore. »Und ich hab morgens frei. Ansonsten könnte ich jetzt nicht mit euch sprechen.«

Daraufhin konnte sich ihr Vater nicht mehr länger zurückhalten. Er war der Meinung, ein Zahlenexperte zu sein, und war äußerst sparsam. »Und wie viel Miete bezahlst du?«

»Sechshundert Euro, wie ihr wisst. Die Miete ist ziemlich niedrig, weil ... Der Wohnungsbesitzer hat viele seiner Sachen hiergelassen, und in sieben Monaten kommt er zurück und braucht seine Wohnung dann wieder.«

»Mir kommt der Preis gar nicht so niedrig vor«, widersprach ihr Vater. »Dann bleiben dir gerade mal vierhundert Euro, um deine Rechnungen zu bezahlen, dir etwas zu essen zu kaufen und ...«

»Du isst doch gut, Liebling, oder?«, fiel ihre Mutter ihrem Mann ins Wort. »Wir können dir Geld schicken, wenn ...«

»Ich würde es als Darlehen ansehen und es euch mit fünfzig Euro im Monat zurückzahlen«, sagte Nagore, die ihren Stolz heruntergeschluckt hatte.

Das löste eine erneute Diskussion aus, aus der sie als Sieger hervorging. Eine Frau von beinahe vierzig Jahren konnte nicht mehr von ihren Eltern leben, die inzwischen in Rente waren.

Als das Gespräch beendet war, blieb Nagore noch eine Weile am Schreibtisch sitzen und fühlte sich gleichzeitig erleichtert und bedrückt. Jedes Mal, wenn sie mit ihren Eltern sprach, wirkten sie älter, und ihr »alternatives« Leben, um es mal so zu bezeichnen, trug nicht gerade zum Seelenfrieden der beiden bei.

Zur Entspannung betrachtete sie, was sie gemalt hatte. Seit fast einem Jahr hatte sie nichts mehr gezeichnet, doch wie es aussah, hatte sich ihre Hand, während sie geredet hatte, selbstständig gemacht. Sie hatte einige Katzenköpfe mit langen Schnurrhaaren skizziert (wahrscheinlich ein Nebeneffekt der Milchkaffeezubereitung, dachte sie) sowie ein gutmütiges schwarzes Katzengesicht mit einem Anhänger am Hals.

Sie beschloss, sich im Internet ein wenig über das in Sorts Anhänger eingravierte Zitat zu informieren. Wie sie feststellte, stammte der Text von einem amerikanischen Theologen namens Reinhold Niebuhr, der ihn 1934 verfasst hatte. Dessen »Gelassenheitsgebet« war ein Teil des Zwölf-Schritte-Programms der Anonymen Alkoholiker.

Das ließ sie an Owen und die heftigen Streitereien denken, die sie in den letzten Jahren entzweit hatten. Bevor sie seine Untreue bemerkt hatte, hatte er schon ein echtes Alkoholproblem gehabt, ohne es zugeben zu wollen, was sie ziemlich belastet hatte.

Nagore strich mit der linken Hand zärtlich über die Zeichnung, die sie gemacht hatte, und sagte sich: *Es gibt Dinge, die zu ändern nicht in meiner Macht liegt … Was bei anderen Dingen zum Glück anders ist.*

14.

Die wohltuende Wirkung der Mittagsruhe

Schon in der zweiten Woche der Existenz des Neko Cafés gab es eine großartige Neuigkeit: Blue wurde adoptiert. Die bärbeißige Katze mit dem graublauen Fell fand auf Sebas' Schoß ein dauerhaftes Zuhause.

Doch ein Wunder wie dieses ereignete sich nicht von einem Moment auf den anderen. Sebas war vom ersten Tag der Umbauarbeiten an ständig im Café gewesen. Und in der finalen Phase, als die Kaffeemaschine angeschlossen wurde und die letzten Arbeiten in der Toilette sowie in dem Bereich, der den Gästen nicht zugänglich war, erledigt wurden, waren die Katzen bereits eingezogen. Denn Yumi wollte, dass sie sich an den Ort gewöhnten, bevor er für die menschlichen Gäste geöffnet wurde.

Blue hatte keinen einfachen Charakter. Und genau das war der Grund, warum Sebas sich gerade mit ihr beschäftigte. Er war Herausforderungen gewohnt, und so gelang es ihm schließlich, das Herz der brummigen Katzendame zu erobern.

Dieses Happy End lehrte Nagore eines: Auch wenn du anders bist, sogar wenn du die widerspenstigste Katze des ganzen Rudels bist, *wird es immer jemanden geben, der dich liebt.*

Blues Geschichte ließ sie an ein Lied von Miguel Ríos denken, das ihre Großmutter in ihrer Gegenwart früher oft gehört hatte.

No estás sola,
alguien te ama en la ciudad.

Du bist nicht allein,
auch in dieser Stadt gibt es jemanden, der dich liebt.

Dies war eine Lektion in Sachen Selbstvertrauen, die Nagore sehr erleichterte. Denn wenn sogar Blue, diese unverbesserliche Meckertante, ihr menschliches Gegenstück gefunden hatte, konnte es tatsächlich niemanden geben, der von der Liebe ausgeschlossen war.

Yumi platzte beinahe vor Stolz, als hätte sie einen wichtigen Preis gewonnen: Blue war die erste Katze aus ihrem Café, die ein Zuhause gefunden hatte. Womit sich zwei Leben ändern würden.

Nagore hatte sich derart an Blues Gegenwart gewöhnt, dass sie sich, nachdem die Katzendame abgeholt worden war, noch mehrfach nach ihr umsah. In der Zeit, die sie miteinander verbracht hatten, hatten sie gelernt, sich gegenseitig zu respektieren: Blue, weil Nagore sie zwei Wochen lang gefüttert hatte, und Nagore, weil Blue nun einmal den Ruf hatte, recht angriffslustig zu sein.

Sie hatte es nie gewagt, die blauschwarze Katze zu berühren, nicht einmal, wenn Blue ihr, um mehr Futter bettelnd, um die Beine gestrichen war.

Am ersten Nachmittag, an dem Blue nicht mehr da war, verhielten sich die Katzen seltsam.

Chan zog seine Kreise im Raum, schnüffelte überall herum und miaute ab und zu. Er und Blue hatten oft nebeneinander geschlafen, und offenbar beunruhigte es ihn, dass er seinen »Bettgenossen« nicht finden konnte.

Fígaros Schnurrhaare schienen traurig herunterzuhängen. Den ganzen Nachmittag über wich er nicht von seinem Platz auf dem Kratzbaum und beobachtete aufmerksam, was draußen auf der Straße geschah, als hoffe er darauf, dass der blauschwarze Griesgram irgendwann wieder auftauchen würde. Er verließ seinen Aussichtsposten nicht einmal, als Yumi eine CD von Lang Lang abspielte.

Sherkhan, die Tigerkatze, schlich eine ganze Weile umher und ließ sich dann auf einer der niedrigeren Plattformen des Kratzbaums nieder, um dort vollkommen unbeweglich zu verharren. Vielleicht versuchte er, das Geschehene so zu verarbeiten.

Als die sieben Katzen schließlich hingenommen hatten, dass ihre Kollegin nicht wiederkommen würde, legten sie sich zur Ruhe und ignorierten die Aufmerksamkeit, die die menschlichen Cafébesucher ihnen schenkten.

»Ein kleines Schläfchen zwischendurch tut jedem gut«, versuchte Yumi gegenüber Nagore das Verhalten der Katzen zu erklären.

Nur Licor spielte anfangs ein wenig mit den menschlichen Gästen, hatte aber früher als sonst genug davon.

Als alle Gäste bedient waren, teilten sich Nagore und Yumi an der Theke eine Tasse kalten Tee.

»Warum, glaubst du, sind unsere lieben Kleinen heute so verpennt?«, fragte Yumi plötzlich.

Nachdem sie eine Weile darüber nachgedacht hatte, sagte Nagore: »Ich erinnere mich an einen Bibeltext, den wir im Religionsunterricht besprochen haben und der es erklärt. Darin wird erzählt, dass Jesus und seine Jünger mit einem Boot über einen See fahren, als plötzlich ein Unwetter niedergeht und das Boot zu sinken droht. Trotz der Gefahr legt sich Jesus schlafen. Die Apostel verstehen nicht, wieso er gerade diesen Moment für ein Nickerchen gewählt hat, und fragen ihn ...«

»Ich verstehe das sehr gut«, unterbrach Yumi sie. »Wenn man keinen Einfluss darauf hat, ob man untergehen wird oder nicht, ist es das Beste, eine Runde zu schlafen. Denn wenn man mitten im Chaos handelt, macht man die Dinge oft nur noch schlimmer.«

»Genau das ist es«, entgegnete Nagore bewundernd. »Und ist es nicht auch genau das, was Sorts Anhänger uns sagen will? Wir müssen lernen zu unterscheiden, was in unserer Macht liegt und was nicht.«

Yumi füllte noch einmal ihre Teetassen und blickte zu den enttäuschten Gästen hinüber. Ihnen blieb nichts anderes übrig, als den Schlaf der Katzen zu bewachen und dafür auch noch zu bezahlen. Dann wandte sich die Japanerin wieder an ihre Angestellte, in der sie inzwischen eine Freundin sah: »Katzen sind Schlafexperten, was eine Art und Weise ist, sich von einem Trauma zu erholen. Auch wenn sie Blue nie wirklich gemocht haben, weil sie außer Sensei Chan niemanden an sich herangelassen hat, spüren sie, dass einer der Ihren fort ist. Und das signalisiert ihnen eine Bedrohung. Die Ordnung ihres kleinen Universums wurde gestört.«

»Es wäre genial, diese Superkraft zu haben, findest du nicht?«, überlegte Nagore laut, bevor sie in einen kleinen Keks biss. »Schlafend Stress abbauen. Ich glaube, dass ich die Weisheit der Katzen allmählich schätze.«

Der Nachmittag zog sich dahin, als ob auch die Zeit eingeschlafen wäre. Es kamen andere Gäste, die die vorherigen ablösten, und Nagore verspürte eine wachsende Unruhe. Die Zeit, zu der Marc üblicherweise kam, war bereits vorbei, ohne dass er erschienen war. Und zur Krönung des anstrengenden Tages waren die letzten Gäste besonders pingelig. Der Kaffee war entweder zu stark oder nicht stark genug, und ständig versuchten sie die Katzen zu wecken.

Nagore stellte fest, dass sie müde wurde und schlechte Laune bekam. Vielleicht habe ich das von Blue geerbt, dachte sie, und getreu dem ersten Gesetz der Katzenphilosophie – *sei aus tiefstem Herzen der, der du bist* – gestattete sie sich, den Rest des Arbeitstages über schlecht gelaunt zu sein, zwang sich nicht zu einem Lächeln oder spielte Fröhlichkeit vor.

Diese Entscheidung erleichterte sie ein wenig, und ihre Gereiztheit sank auf ein akzeptables Niveau herab. Wenn sie fürchtete, die Nerven zu verlieren, betrachtete sie Sorts Anhänger mit dem buddhistischen Spruch, während der große Kater auf einer der Bänke stand, und wiederholte für sich immer wieder: *Vor allem die Ruhe bewahren.*

Zehn Minuten bevor es Zeit war, das Café zu schließen, klingelte das Telefon. Das war eigenartig, denn normalerweise rief so spät niemand mehr an.

Yumi nahm den Anruf entgegen und machte dann Nagore ein Zeichen, die auf der anderen Seite des Raums die Tische wischte. »Nagore, es ist für dich!«

Nagore ging neugierig zur Theke, denn sie konnte sich nicht vorstellen, wer der Anrufer sein könnte. Als sie jedoch am anderen Ende der Leitung seine Stimme hörte, erkannte sie ihn sofort.

»Marc?«

»Ja … Bist du noch dran?«

»Sicher. Hörst du mich nicht?«, frage sie verwundert. »Du hattest für heute einen Tisch reserviert, bist aber nicht gekommen. Geht es dir gut?«

»Ich muss mit dir reden, Nagore. Könnten wir uns sehen?«

»Hm«, machte sie überrascht. »Wie wäre es morgen?«

»Könnte es noch heute Abend sein?«

Allmählich befürchtete sie, dass tatsächlich etwas Schlimmes vorgefallen war.

»Was ist los, Marc?«

»Das muss ich dir persönlich erklären. Bitte! Könnten wir uns vielleicht in einer halben Stunde in der Bar La Fourmi treffen? Sie liegt ganz in der Nähe des Neko Cafés, du brauchst nur zehn Minuten bis dorthin, sobald ihr geschlossen habt.«

»In Ordnung.«

Nagore atmete tief durch und versuchte ein paar Sekunden lang, die Ruhe der Katzen zu bewahren, die in der Lage waren, sich nach einem erholsamen Schläfchen mit neuen Kräften jeglichen Herausforderungen zu stellen.

15.

Marcs Geheimnis

Marc wartete vor eine Flasche Punk-IPA-Starkbier in der Bar auf sie, die trotz des französischen Namens im kalifornischen Stil eingerichtet war. Er trug einen schwarzen Anzug und ein weißes Hemd und nahm eine dunkelgrüne Krawatte von der Rückenlehne des Sessels, den er auf diese Weise für Nagore frei gehalten hatte.

»Warum trägst du einen Anzug?«, fragte sie ihn, nachdem sie sich mit einem Wangenkuss begrüßt hatten. »Kommst du von einer Beerdigung?«

»Beinahe, aber zum Glück nicht. Ich bin Anwalt und war bei einem anstrengenden Gerichtsverfahren, das wesentlich länger gedauert hat, als ich erwartet hatte.«

»Einem Gerichtsverfahren?«

»Ja, das kommt bei mir oft vor. Ich arbeite für eine NGO, eine Nichtregierungsorganisation, die Mieter unterstützt, die ihre Wohnungen zu verlieren drohen, weil sie renoviert werden sollen, um sie dann wesentlich teurer neu zu vermieten. Gentrifizierung also, was hier in Barcelona besonders häufig passiert.«

Nagore hatte dieses Wort zum ersten Mal in London gehört, in Bezug auf die Viertel, aus denen Menschen mit niedrigem

Einkommen verdrängt worden waren, um die Wohnungen dann für viel Geld an Touristen oder zahlungskräftigere Leute zu vermieten.

»Aber deshalb habe ich dich nicht angerufen«, sagte Marc erschöpft. »Was möchtest du trinken?«

Obwohl Nagore schon ziemlich lange keinen Alkohol mehr getrunken hatte, war sie neugierig, wie dieses Bier mit dem blauen Etikett und dem ungewöhnlichen Namen wohl schmeckte.

»Das Gleiche wie du.«

Marc hob seine Flasche hoch, und der Kellner, der aussah wie Freddie Mercury, zeigte mit erhobenem Daumen, dass er verstanden hatte. Noch bevor das kühle Bier wieder auf dem Tisch stand, beschloss Marc, dass der Moment für seine Beichte gekommen war.

»Ich war es, der die schwarze Katze zu euch gebracht hat.«

Nagore war so verblüfft, dass es ihr erst einmal die Sprache verschlug. Als der Kellner das Bier brachte, nahm sie zunächst einen tiefen Schluck davon. Es war bitterer als jedes andere Bier, das sie jemals probiert hatte.

»Die Katze in der Toilette, du erinnerst dich doch, oder?«, fuhr Marc fort. »Das war ich. Ich hab sie dort zurückgelassen.«

»Okay …«, murmelte Nagore und wählte dann ihre nächsten Worte mit Bedacht. »Eine Katze in einer Toilette zurückzulassen ist nicht gerade der übliche Weg, ein neues Zuhause für sie zu finden, aber wir kümmern uns bereits um sie.«

»Das ist mir schon aufgefallen, und ich bin euch unendlich dankbar dafür. Diese Katze bedeutet mir viel.«

»Warum hast du sie dann dort zurückgelassen?«, fragte Nagore in dem Bemühen, nicht allzu ungehalten zu wirken. »Bei dir wäre sie doch sicher besser aufgehoben.«

»Das geht nicht. Mein Mietvertrag verbietet ausdrücklich die Haltung von Haustieren. Und ich kann nicht riskieren, meine Wohnung zu verlieren. Es ist ein sehr alter Vertrag mit einer sehr niedrigen Miete, weil ich die Wohnung von meiner Mutter übernommen habe. Mit meinem Gehalt als Anwalt einer NGO könnte ich mir hier in Barcelona sonst keine Wohnung leisten.« Dann fragte er beunruhigt: »Glaubst du, dass jemand Sort adoptieren wird?«

Nun konnte Nagore sich nicht länger zurückhalten. »Warum interessiert dich das? Du hast ihn schließlich bei uns ausgesetzt!«

»Es ist wichtig … und nicht nur für mich.« Nachdem Marc einen langen Schluck Bier getrunken hatte, beugte er sich näher zu ihr herüber und erklärte leise: »Vor etwa zwei Jahren habe ich einen alten Mann kennengelernt, der in einem bescheidenen Haus in Vallvidrera in der Nähe des Waldes auf dem Tibidabo wohnt. Ich bin dort Fahrrad gefahren und hatte einen Unfall, bin in einer Kurve gestürzt und hab mir den Kopf an einem spitzen Stein angeschlagen, sodass ich eine Platzwunde hatte. Leider habe ich die dumme Angewohnheit, beim Fahrradfahren mein Handy nicht mitzunehmen, weshalb ich an der Tür des nächsten Hauses klingen musste, auf das ich gestoßen bin.«

Der zweite Schluck Bier schmeckte Nagore schon nicht mehr ganz so bitter. Gespannt hörte sie zu.

»Es war ein sehr kleines Haus mit einem Garten, der aussah wie ein Urwald«, fuhr Marc fort. »Der Eigentümer hieß Elías, ein sehr netter alter Mann mit weißem Haar und weißem Bart. Sein Rücken war so krumm, dass er kaum noch gehen konnte. Er hatte eine gut ausgestattete Hausapotheke und hat mir geholfen, das Blut abzuwaschen. Von seinem Telefon aus konnte ich einen Arzt anrufen. Seither habe ich immer mein Handy dabei, und ich habe Elías jeden Sonntag besucht, um nachzusehen, ob es ihm gut geht.«

»Das war sicher ein Segen für ihn«, meinte Nagore gerührt.

»Und für mich auch. Ich hab diesen alten Mann inzwischen sehr gern, und wie es aussieht, er mich auch. Außer mir hat ihn wohl niemand besucht, jedenfalls nicht regelmäßig. Er hatte jede Menge Bücher und hat immer gesagt, dass sie – also die Bücher – und seine ruhige, sehr brave Katze alles seien, was er an Gesellschaft brauche.«

»Und diese Katze war Sort?«, fragte Nagore, obwohl sie die Antwort bereits wusste.

»Ja, und er hat ihn wie einen guten Freund behandelt. Elías hat ihm das Halsband mit dem Anhänger umgelegt. Und als ich Elías vor drei Wochen besuchen wollte, war die Tür offen, obwohl er nicht zu Hause war, und die Katze saß auf der Fensterbank im Wohnzimmer und blickte aus dem Fenster, als würde sie auf die Rückkehr ihres Herrchens warten. Ich konnte sie dort nicht zurücklassen; sie war hungrig und sehr einsam.«

»Und was hast du gemacht?«

»Ich hab sie für ein paar Nächte bei einem Freund untergebracht. Und dann hab ich in der Lokalzeitung gelesen, dass hier in Barcelona ein Katzencafé eröffnet, woraufhin ich beschlossen habe, Sort dorthin zu bringen. Ich hatte Angst, dass ihr ihn ablehnen könntet, und hatte keine Ahnung, was man in so einem Fall macht. Ich hätte mich bei der Stadtverwaltung erkundigen können, aber ich hab's mir leicht gemacht und ihn in einem Moment, in dem ihr sehr beschäftigt wart, in der Toilette zurückgelassen.« Marc hob die Hände wie zum Gebet. »Es tut mir furchtbar leid, dass ich euch diese Umstände gemacht habe. Bitte nehmt meine Entschuldigung an.«

»Was für eine Geschichte! Ich erinnere mich, dass du eine Kiste dabeihattest, ja … Aber ich hätte nie gedacht, dass da unser kleiner Eindringling drin war. Warum bist du nicht zu uns gekommen und hast das Ganze auch Yumi erzählt? Ich bin nur die Kellnerin in dem Café, sie ist die Eigentümerin.«

»Ich habe Sort in den letzten beiden Wochen beobachtet, und er mag dich sehr.«

»Bitte?«

»Ich kann das gut beurteilen, denn ich bin in einem Haus mit vielen Katzen aufgewachsen. Er hat mehr Zutrauen zu dir als zu Yumi, deshalb wollte ich mit dir reden. Heute habe ich sein Herrchen gefunden. Er ist im Krankenhaus Vall d'Hebron, und morgen werde ich ihn dort besuchen.«

»Und?« Nagore verstand noch immer nicht.

»Ich würde mich freuen, wenn du mich zu Elías begleitest. Nicht morgen, sondern an einem anderen Tag in dieser Woche, wenn das möglich ist.«

»Warum?«

»Weil du diejenige bist, die seiner geliebten Katze am nächsten steht«, erklärt Marc geduldig. »Du könntest ihm erzählen, wie es Sort geht.«

»Und warum machst du das nicht? Du warst doch jeden Tag im Café, seit du uns die Katze untergejubelt hast.«

»Es ist ein Gefallen, um den ich dich bitte. Sort hat dich ausgewählt und nicht mich.«

16.

Buddhas Augen

Vor zwei Tagen hatte eine Hitzewelle begonnen, die nun ihren Höhepunkt erreichte. Die Katzen und die Menschen tranken entsprechend viel, sodass das Café schnell kalte Getränke nachbestellen musste. Nagore kam an ihrem Arbeitsplatz an, als die Lieferung gerade eintraf, und half, die Getränke und das Eis einzuräumen. Sie freute sich, als sie im Lokal neben ihrer Chefin noch zwei Männer antraf, die eine Klimaanlage einbauten.

»Das ist ja genial! Endlich ist es so weit!«, rief sie aus, während sie Yumi umarmte, als sei dies ein Grund zu feiern.

Obwohl Yumi für eine Japanerin sehr offen war (das behauptete sie jedenfalls von sich selbst), war sie von dieser plötzlichen Umarmung völlig überrascht und hätte beinahe wie eine erschreckte Katze einen Satz nach hinten gemacht.

Beide mussten sie daraufhin herzlich lachen.

»Ich glaube, ich brauche noch etwas Zeit, um mich an diese spontanen Emotionsbekundungen zu gewöhnen«, erklärte Yumi verlegen. »Weißt du, wer heute kommt? Lucía hat für den Nachmittag einen Tisch reserviert. Ich kann kaum erwarten, sie zu sehen!«

»Oh, das ist ja fantastisch …«

Aus irgendeinem Grund ließ die Nachricht Nagore relativ

kalt. Es war zwar schon eine Woche her, dass sie, Lucía und Amanda zusammen ausgegangen waren, aber sie hatte an diesem Abend so wenig mit den Gesprächsthemen ihrer Freundinnen anfangen können, dass sie sich seitdem nicht mehr bei ihnen gemeldet hatte.

Nachdem die Getränke und das Eis verstaut waren, kümmerte sich Nagore um die Katzen.

Sie waren sehr unruhig wegen des Lärms, den die Handwerker mit der Bohrmaschine veranstalteten. Sie hatten regelrecht Angst, sodass sie sich alle in den kleinen Flur vor der Toilette zurückgezogen hatten.

Yumi brachte ihnen ein paar Kissen.

Sie wirkten sehr gestresst und versuchten, so eng zusammenzubleiben wie möglich. Chan und Sort saßen mit aufgerichtetem Oberkörper in der Mitte des Flurs und machten ganz den Eindruck, als würden sie den Zugang zur Toilette bewachen.

Es war vielleicht das zweite Mal, dass Nagore Smokey mit so vielen Katzen zusammen sah.

Als die Klimaanlage installiert war, kühlte sie die Luft im Café sogleich von dreißig Grad auf akzeptable vierundzwanzig herunter. Sogar die Katzen wirkten erleichtert und waren im Vergleich zu den vergangenen Tagen, an denen sie sich, vor Hitze vergehend, mühsam herumgeschleppt hatten, wesentlich aktiver, als die ersten Gäste kamen.

Yumi und Nagore waren sicher, dass sich das Neko Café bei dieser angenehmen Raumtemperatur gut füllen würde.

Die ersten Gäste an diesem Nachmittag waren drei exzentrische junge Mädchen, die sich angeregt unterhielten und mit beinahe hysterischem Getue eine Katze nach der anderen bedrängten.

»Mädels, schaut mal!«, rief eine von ihnen und klatschte in die Hände. »Da ist ja Jiji!«

Nagore ging zu ihrem Tisch hinüber und bat sie, nicht zu schreien und in die Hände zu klatschen. Das Mädchen, das gerade so laut gewesen war, entschuldigte sich sofort und erklärte, dass die schlaksige schwarze Katze mit den grünen Augen genauso aussehe wie Jiji aus ihrem Lieblingsfilm.

Da Nagore es immer vermieden hatte, sich Filme anzusehen, in denen Katzen vorkamen, hatte sie keine Ahnung, wovon das Mädchen sprach. »Was für ein Film ist das?«

»›Kikis kleiner Lieferservice‹«, antworteten alle drei Mädchen im Chor. »Das ist ein Anime-Film von Hayao Miyazaki«, erklärte die Erste, »dem Regisseur, der auch ›Mein Nachbar Totoro‹ und ›Chihiros Reise ins Zauberland‹ gemacht hat.«

»Und wer ist diese Kiki? Unsere Katze heißt übrigens Smokey«, sagte Nagore und wies auf den betreffenden Cafébewohner, der sie, unter einem der anderen Tische sitzend, aus sicherer Entfernung beobachtete.

»Kiki ist eine junge Hexe«, erklärte das Mädchen, das Smokey entdeckt hatte. »Sie verlässt mit dreizehn Jahren ihre Familie und ihre Freunde, um in einer fremden Stadt ihre Hexenkräfte zu vervollkommnen, wie es die Tradition von allen jungen Hexen verlangt, und Jiji ist ihr Kater, der ihr dabei hilft. Und er sieht genauso aus wie diese Katze …«

Als Smokey sah, dass auf sie gezeigt wurde, schoss sie wie üblich davon, flog am Tisch der Mädchen beinahe aus der Kurve und rannte in den hinteren Teil des Raums.

»Es ist möglich, dass Smokey zu euch kommt, um zu spielen, wenn ihr sie mit einem der langen Stäbe mit der Maus an der Spitze lockt«, empfahl Nagore.

Die Mädchen nahmen den Rat an, und wenige Minuten später tanzte Smokey um sie herum und sprang auf der begeisterten Jagd nach der Maus auf und ab.

Auch an diesem Tag ließ Marc sich nicht blicken.

Nagore merkte, dass sie ihn, so absurd es auch schien, vermisste. Obwohl es eine sehr traurige Geschichte war, die er ihr erzählt hatte, hatte sie das Gespräch mit ihm am Vorabend sehr genossen.

Sie beschloss, Marc, wenn er am Freitagmorgen Zeit hatte, ins Krankenhaus zu begleiten.

Gegen halb acht fielen wie ein Wirbelsturm Lucía und Amanda ins Café ein, und Nagore und Yumi setzten sich eine Weile zu ihnen.

»Lucía, ich bin dir sehr dankbar, dass du mir Nagore empfohlen hast. Sie kann so gut mit Katzen umgehen!«

In einem angeregten Gespräch kamen die drei zu Nagores Schrecken überein, dass das Neko Café der perfekte Ort sei, wo sie ihre Zeichnungen und Bilder aufhängen könnte.

»Im Moment zeichne ich nicht, aber danke für den Vorschlag, Lucía. Du weißt ja, dass ich, seit ich nicht mehr für die Galerie in London arbeite, eine Aversion gegen alles habe, was mit Kunst zu tun hat. Sogar mehr als gegen Katzen.«

»Das wird bestimmt nicht mehr lange anhalten«, wandte Amanda ein. »Deine Katzenphobie hast du auch schneller überwunden, als man ›miau‹ sagen kann.«

Sie musste über ihren eigenen Witz lachen, und die anderen fielen mit ein.

»Es besteht ja kein Grund zur Eile«, kam Yumi Nagore zu Hilfe. »Alles zu seiner Zeit, stimmt's, Nagore? Wir versuchen gerade, uns an der Gelassenheit der Katzen ein Beispiel zu nehmen.«

In diesem Moment fühlte Nagore sich Yumi sehr nah, als teilten sie ein Geheimnis, von dem die anderen beiden nichts wussten.

»Wie ich gehört habe, ist dein Milchkaffee unschlagbar«, sagte Lucía. »Könntest du mir einen davon machen?«

»Für mich auch bitte!«, rief Amanda aus.

»Und anschließend kriegst du ein kleines Geschenk, das ich dir mitgebracht habe, um deinen Job hier zu feiern«, sagte Lucía voller Vorfreude.

Von der Kaffeemaschine aus beobachtete Nagore ihre Freundinnen. Nur Amanda schien sich für die Katzen zu interessieren, und sie versuchte immer mal wieder, die eine oder andere von ihnen zu sich zu locken, ohne dass die Tiere ihr Beachtung schenkten. Einzig Licor machte eine Ausnahme, doch als sich der Kleine näherte und sah, dass sich Amandas Hand auf ihn zubewegte, machte er einen Satz nach hinten und brachte sich eilig oben auf einem der Kratzbäume in Sicherheit.

Nagore servierte die beiden Kaffees mit Schnurrhaaren, und Lucía und Amanda waren aufrichtig beeindruckt.

»Das ist ja unglaublich!«, riefen sie aus.

»Sie hat wirklich eine Gabe«, erklärte Yumi stolz.

Daraufhin zog Lucía ein kleines Päckchen aus ihrer Tasche und überreichte es Nagore. »Schau mal, was ich dir mitgebracht hab. Es ist nichts Weltbewegendes, nur eine Halskette, aber ich glaube, sie wird dir gefallen.«

Nagore öffnete das perlmuttfarbene Seidenpapier, doch es war nichts darin.

»Mhm ... Lucía, die Verpackung ist leer.«

»Was?«, rief diese aus und riss ihrer Freundin die Verpackung aus der Hand. »Das glaub ich nicht! Die Kette muss irgendwie herausgerutscht sein. Unglaublich! In letzter Zeit verliere ich dauernd etwas.«

Alle vier schauten zunächst unter den Tisch und weiteten dann den Suchradius immer mehr aus. Wenig später hatten sich alle anderen Gäste der Suche nach einer Kette mit silbernem Anhänger angeschlossen. Sogar der Gang zur Toilette und der Empfangsbereich wurden mit einbezogen, doch leider ohne Erfolg.

Lucía war furchtbar enttäuscht.

»Das tut mir so leid, Nagore. Ich schau mal, ob ich etwas Ähnliches finde. Wie schade!«

»Keine Sorge, meine Liebe«, sagte Nagore beruhigend und nahm Lucías Hände in ihre. »Wenn die Kette wirklich für mich bestimmt ist, taucht sie ganz sicher wieder auf.«

Als alle gegangen waren, fühlte sich Nagore völlig erschöpft.

Es war ein sehr langer Tag gewesen. Obwohl es dank der Klimaanlage im Raum nicht zu warm war, wirkten auch die Katzen erleichtert, endlich unter sich zu sein, und begannen zu spielen, als ob der Tag gerade erst begonnen hätte.

Nur Smokey döste auf einem Tisch in der Nähe der Theke vor sich hin, wobei sie wie üblich mit einem nur halb geschlossenen Auge alles im Blick behielt. Nagore war zu dem Schluss gekommen, dass Smokey niemals schlief und stets zu jeder Schandtat bereit war. Schließlich wusste man als Katze nie, was kam.

Als hätte sie eine lohnenswerte Beute entdeckt, sprang Smokey plötzlich vom Tisch. Sie streckte sich, während sie am

Eingang vorbeiging, um sich dann zwischen dem Fenster zur Straße und dem Kratzbaum niederzulassen.

Sie begann mit etwas zu spielen, was am Boden lag.

Nagore sah etwas Glitzerndes zwischen ihren Pfoten und ging langsam näher heran, um die Katze nicht zu erschrecken. Noch immer unterließen es die beiden, sich zu berühren. Als Nagore neben der Katze in die Hocke ging, hob Smokey den Blick, sah sie an und miaute. Dann lief sie zur anderen Seite des Raums.

Nagore schaute zu der Stelle, wo die Katze gelegen hatte, und sah dort eine filigrane Silberkette mit Anhänger. Sie drehte den Anhänger herum und entdeckte das Symbol von Buddhas Augen darauf: zwei Augenbrauen, darunter die Augen, die Nase in Form einer angedeuteten Spirale und zwischen den Augenbrauen der Punkt, der das dritte Auge symbolisierte.

Sie konnte es nicht glauben. Smokey hatte die Kette gefunden!

Nagore schickte Lucía ein Foto davon und schrieb dazu: *Ist das die Kette, von der du gesprochen hast?*

Die Antwort ließ nicht lange auf sich warten: *Damit du immer ein Ziel vor Augen hast! Ich freue mich sehr, dass du sie gefunden hast!*

Smokey hat sie gefunden … Während sie schrieb, begriff Nagore jedoch, dass es wohl nur für sie von Bedeutung war, dass die Katze die Kette mit dem Anhänger gefunden hatte.

Smokey verfügte definitiv über gewisse magische Fähigkeiten. Auf ihre seltsame Art schien sie ihr zu sagen: *Sei aufmerksam, und du wirst sehen, wie viele Gelegenheiten sich dir bieten.*

17.

Die Briefe des Lehrers

Während der Aufzug langsam nach oben fuhr, konnte Nagore ihren Herzschlag hören.

Sie trug die Kette mit dem Anhänger, der sie daran erinnerte, stets im Hier und Jetzt zu sein. Auch wenn sie nicht so richtig zu ihren weißen Tennisschuhen, der Jeans und der orangefarbenen Bluse, die sie trug, passte. Nagore blickte in den Spiegel, während Marc auf seinem Handy ein paar Nachrichten beantwortete. Vielleicht sollte sie sich mal eine neue Frisur zulegen; ihr Haar war viel zu lang.

Im zweiten Stock verließen sie den Aufzug und gingen zum Zimmer mit der Nummer 201. Die Tür stand halb offen, weshalb sie ohne anzuklopfen eintraten.

Das eine der beiden Betten war leer, in dem anderen lag ein alter Mann mit weißem Haar und langem weißem Bart. Er schlief. Unter seinem blauen Pyjama, dessen Oberteil nicht ganz zugeknöpft war, konnte man sehen, wie sich seine Brust beim Atmen gleichmäßig hob und senkte.

Sie beschlossen, sich an dem Getränkeautomaten im Gang einen Tee oder einen Kaffee zu holen. Als sie ins Zimmer zurückkehrten, war der Mann erwacht.

»Marc …« Seine braunen Augen glänzten, während er die

Hände ausstreckte, um den Besucher zu begrüßen. »Ich freue mich, dich zu sehen. Danke, dass du gekommen bist!«

»Schau mal, wen ich mitgebracht habe«, sagte Marc und lächelte ebenfalls. »Darf ich dir Nagore vorstellen, die in dem Café arbeitet, in das ich Sort gebracht habe.«

Nagore begrüßte den alten Mann und setzte sich an den Rand des Bettes. Er nahm ihre Hand und sagte eine halbe Minute lang nichts. Stattdessen musterte er das Gesicht der jungen Frau und wirkte sehr zufrieden.

Schließlich sagte er: »Als Marc mir erzählt hat, wie er Sort in euer Katzencafé eingeschmuggelt hat, hab ich sehr gelacht. Das muss ja eine Überraschung für euch gewesen sein!«

Als er zu lachen begann, überkam ihn ein trockener Husten, und es wirkte, als bekomme er nicht genug Luft.

»Könntet ihr mir bitte ein Glas Wasser geben?«

Nagore reichte ihm das Glas, das auf dem Nachttisch stand, während Marc einen Stuhl heranzog, um sich zu ihnen zu setzen.

»Geht es dir besser, Elías?«, fragte er, nachdem er Platz genommen hatte.

»In meinem Alter ist ›besser‹ relativ. Mit achtundneunzig Jahren merkt man, dass es schon eine Höchstleistung ist, noch am Leben zu sein. An manchen Tagen kann ich mich bewegen, an anderen bleibe ich lieber im Bett. Das ist die Alternative, die mir geblieben ist.«

Ein neuerlicher Hustenanfall ließ ihn verstummen. Dann legte er sich die Hand auf die Brust, als versuche er so, besser Luft zu bekommen.

Da Nagore begriff, wie schwer ihm das Sprechen fiel, überwand sie ihre Schüchternheit und sagte: »Elías, Sort sendet dir viele Grüße. Er ist ein so braver und ruhiger Kater … Wir waren vor ein paar Wochen mit ihm beim Tierarzt, und er ist rundum gesund. Er hat im Neko Café noch nicht viele Freundschaften geknüpft, aber wie es scheint, braucht er das gar nicht.«

»Sicher nicht«, murmelte der alte Mann. »Sort ist sehr genügsam, wobei ich ihn gern noch einmal sehen würde.«

Elías hustete wieder, wenn auch nicht so stark wie vorher. Er bat Marc und Nagore, seine Kissen aufzuschütteln. Dann trank er noch einen Schluck und lehnte sich bequem zurück. Er schien wieder ein wenig Kraft geschöpft zu haben.

»Seit ich denken kann, habe ich immer mit Katzen zusammengelebt. Logischerweise haben sie mich nach und nach verlassen, um im Himmel nach Mäusen und Eidechsen zu jagen. Bevor ich in Pension gegangen bin, hab ich in einer Schule Literatur unterrichtet. Auch dort gab es ein Rudel Katzen, in einem Innenhof, der von der Schule nicht genutzt wurde, und ich habe mich um sie gekümmert.« Diese Reise in die Vergangenheit ließ Elías' Augen gerührt glänzen. »Ein gutes Buch, ein heißer Tee und eine Katze auf dem Schoß … Kann es auf der Welt etwas Schöneres geben?«

»Haben Sie noch Kontakt zu Ihren Schülern?«, fragte Nagore behutsam.

»Mit vielen von ihnen«, entgegnete Elías stolz. »Wenn sie die Schule verließen, habe ich ihnen jedes Mal meine Adresse gegeben, damit sie mir schreiben können. Ich beantworte keine E-Mails oder solchen Blödsinn. Aber wenn sich jemand die Mühe macht, mir ein paar Seiten zu schreiben, sie in einen Umschlag zu stecken, den mit meiner Adresse zu versehen und ihn zur Post zu bringen, erhält er eine Antwort, die von Herzen kommt.«

»Ich habe alle diese Briefe aufgehoben, vom ersten bis zum letzten. Es ist eine wunderbare Sammlung geworden. Wenn ich mich mutlos fühle, lese ich sie noch einmal, und das Leben erscheint mir wieder in neuem Licht. Manchmal lese ich sie Sort vor. Er kennt all die Anekdoten auswendig, die darin stehen.«

Nagore lächelte bei der Vorstellung, wie der stattliche Kater mit den großen gelben Augen zuhörte, wenn Elías ihm vorlas.

»Es gibt ein wunderschönes Buch über die Bedeutung, einander Briefe zu schreiben«, überlegte der alte Mann laut, bevor er um ein weiteres Glas Wasser bat. »Die Autorin ist Ángeles Doñate, und der Roman heißt ›Der schönste Grund, Briefe zu schreiben‹. Darin geht es um einen kleinen Ort, in dem das Postamt geschlossen werden soll. Um das zu verhindern, beginnen die Einwohner, Kettenbriefe zu schreiben, in denen sie aus ihrem Leben berichten. Das hat mich zu Tränen gerührt.«

Während Elías dies erzählte, wirkte er sehr klein und sehr bleich in seinem Bett.

»Du musst dich ein wenig ausruhen«, sagte Marc und legte ihm die Hand auf die Schulter. »Damit du neue Kraft für unseren nächsten Besuch sammeln kannst. Stimmt's, Nagore?«

Sie nickte, während sie Elías' Hand nahm, der sie liebevoll ansah und leise sagte: »Kommt bald wieder. Die Nähe von jungen Leuten tut mir gut.«

Danach fielen ihm, ohne dass er etwas dagegen tun konnte, die Augen zu.

18.

Ein vergrabener Schatz

Am Sonntagmorgen machte sich Nagore auf die verzweifelte Suche nach einem roten Notizbuch, das sie sich zum Abschied aus London gegönnt hatte.

Von Buddhas Augen und Smokeys Aufmerksamkeit inspiriert, entdeckte sie es schließlich auf einer Reihe Bücher. Dann fiel ihr auf, dass sie ja auch etwas zu schreiben brauchte. Das zwang sie zu einer zweiten Fahndungsrunde durch die Wohnung, nach einem Schreibwerkzeug von welcher Farbe auch immer.

Als sie sich schließlich aufs Sofa setzte, fiel ihr auf dem Couchtisch die Liste mit den Pros und Kontras der Arbeit im Neko Café ins Auge. Mit ihrem momentanen Seelenzustand hatte diese Liste kaum noch etwas zu tun, denn seither war so viel passiert … Sie war immer noch ein einsames Mädchen, das Angst davor hatte, erwachsen zu werden, ohne ihre Träume verwirklicht zu haben, aber etwas in ihr veränderte sich gerade.

Sie öffnete das rote Notizbuch, strich mit den Fingern über die glatten weißen Seiten und nahm dann den Zeichenbleistift zur Hand. Sie hatte das Bedürfnis, Linien zu ziehen, all den Veränderungen, die in ihr stattfanden und die sie nicht in Worte fassen konnte, eine Form zu geben. In den letzten drei

Wochen hatte sie so viel erlebt, dass sie sich selbst kaum wiedererkannte.

Sie begann mit der Skizze einer kleinen Nase. Es folgten zwei helle mandelförmige Augen und zwei Ohren. Dann fügte sie ein Gesicht mit einer dunklen Waschbärbrille und ein paar Schnurrhaaren hinzu. Zum Schluss zeichnete sie den Lichtreflex in den Augen, und als sie fertig war, sah das Gesicht sehr lebendig aus.

Darunter schrieb sie:

Sei aus tiefstem Herzen der, der du bist.
(Es ist dir völlig egal, was die anderen denken.)
CAPPUCCINO

Ein Stück darunter zeichnete sie eine schwarze Nase und langes Fell. Dann spielte sie mit den Effekten von Licht und Schatten, sodass die beiden großen, strahlenden Augen aus dem Dunkel hervortraten.

Seit drei Wochen verbrachte sie fast jeden Nachmittag mit ihnen und sah jede einzelne Katze genau vor sich.

Als sie mit der zweiten Zeichnung fertig war, schrieb sie darunter:

Nimm alles hin, ohne die Ruhe zu verlieren.
SORT

Sehr zufrieden mit ihren beiden Werken, zeichnete sie weiter. Nun war ein weißes haariges Gesicht an der Reihe, mit einem halb geöffneten gesunden Auge, was dem Ganzen einen verträumten Ausdruck verlieh. Sie bettete das friedliche Gesicht auf zwei übereinanderliegende Vorderpfoten, den Blick auf den Horizont gerichtet. Darunter schrieb sie:

Gönn dir eine Atempause.
(Nach einem erholsamen Schlaf sieht die Welt
gleich viel besser aus.)
CHAN

Von dem bisherigen Ergebnis bestärkt, schlug Nagore die Seite um und begann mit der vierten Katze, die ebenfalls schwarz war, aber viel kleiner und zierlicher als der imposante Sort. Der Satz dazu lautete:

Sei aufmerksam, und du wirst sehen,
wie viele Gelegenheiten sich dir bieten.
SMOKEY

Vier der sieben Meister hatte sie nun in ihrem Notizbuch verewigt, stellte Nagore stolz fest. Sie lehnte das aufgeschlagene Notizbuch schräg an ihre Tasse auf dem Couchtisch und bewunderte ihre bisherigen Werke.

Wie eine Katze, die sich eine sonntägliche Verschnaufpause gönnt, streckte sie sich auf dem Sofa aus und dachte über zwei Dinge nach, die sie nicht verstand: Erstens, warum sie Katzen vorher so sehr gehasst hatte, und zweitens, wieso sie das nun nicht mehr tat. Das ergab irgendwie keinen Sinn.

Ihr wurde bewusst, dass, seit sie diese Blockade überwunden hatte, ihr Leben von einigen angenehmen Überraschungen bereichert worden war. Sie überlegte, dass ihre ursprüngliche Abneigung vielleicht gar nicht so sehr mit Katzen zu tun gehabt hatte, sondern vielmehr ihrer früheren Lebenseinstellung entsprungen war, ihrer Opferrolle, ihren Ängsten, der unendlichen Spirale ihrer negativen Angewohnheiten und Gedanken.

Ohne vom Sofa aufzustehen, nahm sie eine ältere Ausgabe von CuerpoMente in die Hand – einer Zeitschrift zum Thema Gesundheit und natürliche Heilmethoden –, die Amanda bei ihr vergessen hatte, was typisch für sie war.

Darin hatte sie einen Artikel des Autors Juli Peradejordi mit einem Post-it markiert. Der Artikel war mit dem Bild einer Vogelscheuche illustriert. Nicht ganz bei der Sache begann sie zu lesen, bis eine bestimmte Überlegung sofort ihre Aufmerksamkeit weckte.

Er erzählte mir von der wirklichen Bedeutung der Vogelscheuchen. Es ist richtig, dass sie die Vögel zunächst erschrecken, weil sie aussehen wie Menschen, die auf dem Feld arbeiten und sie töten könnten, damit sie die Saatkörner nicht fressen. Doch wenn sie ihre Angst überwunden haben, nutzen sie die Gelegenheit, dass die Vogelscheuchen genau den Ort anzeigen, wo sie Nahrung finden können. Ist das nicht wunderbar? Hinter unserer Angst ist der Schatz versteckt, nach dem wir suchen.

19.

Emotionales Stretching

Obwohl das Neko Café jeden Tag gut gefüllt war, war es bisher zu keiner weiteren Adoption gekommen. Doch hin und wieder schaute Sebas vorbei, um von Blue zu erzählen.

Jeden Nachmittag, eine halbe Stunde bevor das Café geöffnet wurde, folgten Nagore und Yumi ihrer inzwischen zum festen Ritual gewordenen Gewohnheit, gemeinsam eine Tasse kalten grünen Tee zu trinken und sich dabei gegenseitig das Neueste aus ihrem Leben zu erzählen. Während sie sich unterhielten, beobachtete Sort sie von einer in der Nähe stehenden Bank aus und bewegte ab und zu seine Ohren, als ob er verstünde, was sie sagten.

Die anderen überall im Raum verteilten Katzen waren vollauf mit ihrer Mittagsruhe beschäftigt. Fígaro saß auf seinem Stammplatz auf der Theke und putzte sich ausgiebig, während Licor und Chan auf ihrem großen Kissen unter dem Fenster schliefen. Sherkhan und Smokey waren nirgendwo zu sehen, und Cappuccino schlummerte auf einem Tisch direkt vor der Klimaanlage.

»Nagore, ich möchte dich um einen Gefallen bitten, wenn das möglich ist«, sagte Yumi plötzlich, während sie sich das Haar hochsteckte. »Am Sonntagmorgen kommt mein Mann, und ich möchte den Tag gern zusammen mit ihm zu Hause verbringen. Würde es dir etwas ausmachen, dich dann um die Katzen zu kümmern? Du müsstest nicht lange hier sein, nur die Katzenklos säubern und den Tieren etwas zu fressen und Wasser geben. Das würde ich dir natürlich zusätzlich bezahlen.«

Nagore sprach den Einwand, der ihr sofort gekommen war, lieber nicht aus. Sie hatte zwar keine bestimmten Pläne für den Sonntag, aber es war ihr einziger freier Tag.

»Natürlich, kein Problem.«

Sie wurde wirklich immer bequemer.

»Außerdem wollte ich dich fragen, ob du dich im August zehn Tage allein um das Café und die Katzen kümmern könntest. Meine beste Freundin heiratet in Tokio, und das Fest möchte ich mir nicht entgehen lassen.« Als sie Nagores beklommenen Gesichtsausdruck sah, erklärte sie: »Ich habe überlegt, dass wir im August die Öffnungszeiten auf fünf bis acht Uhr verkürzen könnten. Keine Sorge, dein Gehalt bleibt gleich. Ich denke, dass du perfekt zurechtkommen würdest, da du inzwischen über alles Bescheid weißt und die Katzen gut kennst.«

Yumi bedachte Nagore mit einem bittenden Blick, wobei ihre Augen so groß wirkten wie bei den weiblichen Figuren in den japanischen Anime-Filmen aus dem Zeichentrickfilmstudio Ghibli.

»Aber vorher möchte ich dir einen unbefristeten Vertrag anbieten. Ich denke, es gibt niemand Besseren als dich, dem ich das Neko Café anvertrauen würde.«

Für einen Moment verschlug es Nagore die Sprache. Das war eindeutig zu viel auf einmal, um es an einem Montagmittag einfach so zu verarbeiten. Sie war noch nie für eine so lange Zeit mit den Katzen allein gewesen.

Sie atmete tief durch und ließ Yumis Gesicht nicht aus den Augen, die, ohne irgendeine Regung zu zeigen, auf ihre Antwort wartete.

»Yumi, das ist sehr nett, und ich danke dir. Und auch wenn mir der Gedanke nicht wirklich gefällt, fast zwei Wochen mit den *lieben Kleinen* allein zu sein, glaube ich, dass ich das schaffen werde. Und was den unbefristeten Vertrag betrifft: Ich nehme das Angebot, das ich für einen großen Vertrauensbeweis halte, gern an, aber ich kann dir nicht versichern, wie lange ich hierbleiben werde. Vielleicht stellt sich ja heraus, dass es nicht mein Ikigai ist, mein Leben auf Dauer mit einem Rudel Katzen zu verbringen.«

»Das kann ich sehr gut verstehen«, entgegnete Yumi gerührt. »Alles ist nur vorübergehend, wie das Leben selbst, aber ich möchte die Zeit mit dir genießen.«

Nachdem Yumi das gesagt hatte, stand sie auf und umarmte Nagore, die diese Geste sehr überraschte.

»Du hast mich gerade umarmt …«, stellte sie verwundert fest.

»Ja«, sagte ihre Chefin lächelnd, »es gibt einige Gewohnheiten in eurer Kultur, die ich gern übernehmen würde, weißt du?«

Als Antwort darauf erwiderte Nagore die Umarmung.

»Danke, dass du so viel Vertrauen in mich hast«, sagte sie, während sie Yumi in ihren Armen festhielt, was wirklich von Herzen kam.

»Ist schon okay …«, erwiderte Yumi und befreite sich mit einem nervösen Kichern sanft aus der Umarmung. »Na ja, ich brauche wohl noch ein bisschen Zeit, bis ich mich wirklich daran gewöhnt habe.«

Als sie dann das Lokal öffneten, sah Nagore aus dem Augenwinkel, wie sich Licor im Schlaf streckte. Allerdings machte der

Kleine dabei eine falsche Bewegung, woraufhin er von seinem Kissen fiel.

Überrascht wachte er, auf dem Boden liegend, auf, gähnte und blickte sich um, um zu verstehen, was passiert war, dann machte er seine üblichen Dehnungsübungen.

Um nicht an ihren Verlorenen-Sonntag-ohne-Katzen und an die zwei Wochen, in denen sie mit dieser Sippe allein sein würde, zu denken, setzte sich Nagore auf einen Stuhl in Licors Nähe, um der kleinen Katze zuzusehen, die wirklich niedlich war.

Chan, der merkte, dass sein »Bettgenosse« nicht mehr an seiner Seite lag, raffte sich ebenfalls auf und sah seinem jungen Freund vom Kissen aus zu.

Licor machte einen Buckel und hob anschließend den Schwanz und das Hinterteil. Dann schob er seinen kleinen Körper nach vorn und streckte die gesamte Wirbelsäule vom Kopf an, wobei er die Pfoten zu Hilfe nahm. Nach einer weiteren Reihe sehr spezieller Bewegungen entdeckte er seinen eigenen Schwanz und sprang im Kreis herum, um ihn zu fangen.

Von dem Winzling inspiriert, beschloss Nagore, auch ein paar Streckübungen zu machen, solange noch keine Gäste da waren. Die intensive Nachmittagssonne, die vom Himmel brannte, mochte so manchen dazu verleitet haben, die Mittagsruhe ein Weilchen auszudehnen, sagte sie sich.

Sie hob die Arme nach vorn und nach hinten und spürte, wie sich ihr Rücken entspannte und sich ihre Lungenflügel weiteten. Mit einem Seufzen drehte sie den Oberkörper. Dann mobilisierte sie ihre Muskeln und entlastete ihre Lendenwirbel, indem sie sich vornüberbeugte. Dabei wurde ihr bewusst, dass sie seit Monaten ihr morgendliches Yoga vernachlässigt hatte.

Licor sprang auf den Tisch neben Nagore und beobachtete sie wie ein Lehrer einen Schüler bei den ersten Übungen.

Nagore richtete sich langsam wieder auf und zwinkerte Licor zu, der daraufhin zustimmend miaute. Danach hüpfte die kleine Katze vom Tisch und ging erst einmal fressen.

»Du hast recht«, sagte Nagore, während sie die Hüften kreisen ließ, um sie zu entspannen. »Ich fühle mich viel besser.«

Yumi, die sich in dem Bereich befand, der nur für das Personal zugänglich war, streckte den Kopf durch die Tür hinter der Theke. »Wie bitte?«

»Ich habe mit Licor gesprochen«, erklärte Nagore. »Er hat mir gerade gezeigt, dass man mit ein paar Streckübungen auch den Kopf frei kriegt. Wie es scheint, habe ich alles vergessen, was mir mein Yogalehrer in London beigebracht hat.«

»Der kleine Gauner hat recht. Beweglich zu bleiben hält gesund«, sagte Yumi, nachdem sie kurz in sich gegangen war. »Und damit meine ich nicht nur die körperliche Gesundheit. *Glücklich zu sein erfordert geistige Beweglichkeit.* Starrheit verhindert jegliche Lebensfreude. Wobei körperliche und geistige Starrheit ineinanderwirken. *Starrheit im Kopf wirkt sich auch auf den Körper aus,* was bedeutet, dass man sich, um den Körper zu lockern, erst einmal von den Gedanken befreien muss, die sich aufgestaut haben.«

Nagore überlegte, dass das eine sehr wichtige Erkenntnis war. *Alles zu seiner Zeit*, fiel ihr dabei wieder ein.

Wenn sie an ihre Chefin, die inzwischen auch ihre Freundin war, dachte, fiel ihr auf, dass es auch Yumi ganz schön schwer hatte.

»Yumi, du musstest als Japanerin in Europa sicher viel mehr Schwierigkeiten überwinden als ich.«

»Vielleicht, aber ich fordere meine Bequemlichkeit gern heraus, um Neues zu lernen und mich ungewohnten Situationen und fremden Menschen anzupassen. Natürlich nur, solange das nicht bedeutet, mich selbst zu verlieren.« Und nachdem sie einen Moment nachgedacht hatte, fügte sie hinzu: *»Wenn du in Rom bist, mach es, wie es die Römer tun – aber ohne aufzuhören, du selbst zu sein.«*

20.

Elías' Ausflug

Als Nagore aus der Metro stieg, stellte sie fest, dass ihre Sommermokassins ihr erlaubten, mit leisem, leichtem, fast katzenhaftem Schritt zu gehen. In der Straße, die zum Krankenhaus führte, hatten einige der Pappeln schon die ersten gelben Blätter. Ihr Kleid in derselben Farbe wehte im Wind, während sie fröhlich voranschritt, weil sie gleich Marc sehen würde.

Sie musste sich selbst eingestehen, dass sie Schmetterlinge im Bauch hatte und dass sie darüber nachdachte, wie sie seine Aufmerksamkeit erregen konnte. Es war lange her, dass sie zuletzt etwas Derartiges empfunden hatte. Und es war etwas gleichzeitig Altes und Neues, etwas Seltsames und Normales. So viele Widersprüche …

Marc wartete am Eingang auf sie und empfing sie mit einem herzlichen Lächeln, bevor er sie auf die Wangen küsste. Er trug eine beigefarbene Sommerhose und ein lachsfarbenes Shirt.

»Noch einmal danke, dass du dir die Mühe gemacht hast herzukommen. Elías wird sich über das, was wir vorhaben, sicher sehr freuen. Das ist das erste Mal, seit er hier ist, dass er das Krankenhaus verlässt.«

Nagore nickte lächelnd. Sie hatte das Gefühl, als hätte eine kleine unsichtbare Katze ihre Zunge verschluckt.

Elías döste in einem Rollstuhl vor sich hin, hatte sich aber bereits für den Ausflug fertig gemacht. Er trug leichte sommerliche Kleidung und hatte einen marineblauen Pullover auf dem Schoß. Marc tätschelte ihm die Hand, um ihn zu wecken.

»Guten Tag, Herr Lehrer! Diese junge Frau und ich sind hier, um mit Ihnen gemeinsam die Welt zu entdecken.«

Der alte Mann brauchte ein paar Sekunden, um aus seinen Träumen in die reale Welt zurückzufinden.

»Und wohin geht es, wenn ich fragen darf?«, erkundigte er sich zugleich erfreut und erschöpft.

»Das Schicksal ist stets für eine Überraschung gut«, sagte Marc. »So wie das ganze Leben.«

Auf der Fahrt in dem Taxi, das für Rollstuhlfahrer ausgestattet war, unterhielten sich die drei angeregt. Schließlich hielt der Wagen in der Fußgängerzone vor der Hausnummer 29, und das Glänzen in Elías' Augen bewies, dass er ganz genau wusste, wohin sie ihn gebracht hatten.

Yumi, die den Plan mit ausgeheckt hatte, erwartete sie schon an der Tür des Neko Cafés, um behilflich zu sein.

Als Elías hereinrollte, wurden die Katzen gerade wach, streckten sich, streiften umher, trafen aufeinander, tranken, fraßen und spielten miteinander Fangen.

»Das ist wunderbar!« Elías schien plötzlich freier atmen zu können, richtete sich auf und sah sich um. »Das ist ein unglaublicher Ort!«

Yumi schob ihn zu einem der Tische und bot ihm einen Milchkaffee nach Art des Hauses an, was der Gast gern annahm.

Während sie den Kaffee zubereitete, erklang hinter ihr im Flur ein leises Miauen. Nur Sekunden später stand Sort neben dem Tisch und hob schnüffelnd die Nase.

Elías sah ihn zärtlich an; irgendwelche Worte oder Gesten waren überflüssig. Die Katze näherte sich ihm auf ihre übliche zurückhaltende Art, ohne den Blick ihrer gelben Augen von Elías abzuwenden. Schließlich sprang sie mit einem vorsichtigen Satz auf seinen Schoß.

Der alte Mann hielt ihr die Handflächen hin, damit Sort sie beschnüffeln konnte, und erst dann begrüßte Elías ihn zärtlich. »Hallo, Sort. Du hast mir gefehlt.«

Die Katze rieb den Kopf an Elías' Handflächen, um ihre Freude, ihn zu sehen, zu verdeutlichen.

»Kaum zu glauben, dass das dieselbe Katze ist wie bei ihrer Ankunft hier«, meinte Nagore. »Sie war so schüchtern und zurückhaltend.«

»Sie kennt Elías, seit sie ein Baby war«, erklärte Marc. »Und auch wenn man oft anderes hört, haben Katzen ein ausgezeichnetes Gedächtnis und entwickeln genau wie Hunde eine enge Bindung zu ihrem Herrchen oder Frauchen.«

Die anderen Katzen betrachteten jede von der Stelle aus, an der sie sich gerade befand, das Wiedersehen von Elías und Sort. Als das dem alten Mann auffiel, meinte er: »Es sieht aus, als sei Sort eine Art stiller Anführer hier.«

Genau in dem Moment beschloss Cappuccino, die Schuhe und den Rollstuhl des Besuchers näher zu begutachten.

»Ich weiß, welcher Rasse du angehörst«, begrüßte Elías die neugierige Katze, während er ihr über den Kopf strich und sie die Pfoten auf seine Knie legte. »Du bist eine Snowshoe-Katze. Die ersten von euch wurden 1960 in den USA entdeckt, eine Mischung aus Siamkatze und American Shorthair.«

»Beeindruckendes Wissen, Herr Lehrer«, scherzte Marc.

»Diese Katze ist ganz schön kess«, sagte Nagore, während sie den Kaffee mit Schnurrhaaren servierte und Elías von Cappuccino befreite. »Sie macht den anderen immer ihren Platz streitig, um im Mittelpunkt der Aufmerksamkeit zu stehen.«

»Kein Problem«, meinte Elías. »Mit den blauen Augen sieht sie aus wie ein Baby.«

Er bewunderte den Kaffee mit dem Milchschaum-Katzengesicht, der vor ihm stand.

»Marc, vielleicht hat es doch auch was Gutes, dass ich ins Krankenhaus gekommen bin. Denn ansonsten hätte ich nicht die Gelegenheit bekommen, dieses Katzencafé kennenzulernen. Ich wäre vielleicht sogar gestorben, ohne zu wissen, was aus Sort werden soll. Wie sehr ich mich freue, ihn wiederzusehen! Vielen Dank euch allen!«

Yumi bat Marc, für sie zu übersetzen, um mit ihrem Gast sprechen zu können: »Wissen Sie, dass Nagore, als sie herkam, Ailurophobie hatte? Sie geriet schon in Panik, wenn sie eine Katze nur von Weitem sah. Und schauen Sie sie sich jetzt an …«

»Na ja, sie ist eindeutig kuriert. Die Katzen helfen uns dabei, unser wahres Ich zu finden. Sie haben Superkräfte. Und es stimmt, dass sie in der Lage sind, negative Energien zu neutralisieren.«

Bald darauf erklärte Elías, dass er sich nach all der Aufregung ein wenig ausruhen müsse, woraufhin sich die anderen leise weiter unterhielten.

Sort hatte seinen Platz auf dem Schoß seines Herrchens, der eine Pfote von ihm in der Hand hielt, nicht verlassen.

»Wenn er gleich wieder aufwacht, wird es besser sein, mit ihm ins Krankenhaus zurückzukehren. Er wirkt sehr müde«, meinte Marc. »Ich würde Sort gern mitnehmen, aber das ist in Krankenhäusern noch nicht möglich.«

»Was sollen wir denn mit Sort machen?«, fragte Nagore besorgt. »Ich glaube nicht, dass er in nächster Zeit zu seinem Herrchen zurückkehren kann. Sollen wir ihn auf die Adoptionsliste setzen oder lieber abwarten, ob Elías ihn irgendwann wieder zu sich nehmen kann?«

»Wir können uns mit der Entscheidung ruhig Zeit lassen«, versicherte Yumi beruhigend. »Es ist kein Problem, hier eine oder zwei Katzen mehr unterzubringen.«

In dem Moment öffnete der alte Mann die Augen, sah Nagore an und sagte: »Warum fragt ihr ihn nicht einfach?«

21.

Beherrschst du die Katzensprache?

MARC
Kann ich vorbeikommen,
wenn du heute Feierabend hast?
Da ist etwas, was ich dir bisher
noch nicht erzählen konnte.
(Elías ist immer noch sehr glücklich,
vielen Dank für alles!
Yumi und du seid unglaublich.)

Marcs WhatsApp erreichte Nagore, als sie unterwegs zum Tierheim *Gats de Gràcia* war, das sich im selben Viertel befand wie das Neko Café. Die dortige Leiterin kannte Yumi gut, und sie überlegten gerade, welche zwei oder drei Katzen sie als Nächstes auf die Warteliste für den Einzug im Neko Café setzen sollten.

Vom Tierheim aus würde Nagore direkt weiter zur Arbeit gehen. Für eine Verabredung gleich nach Feierabend war sie eigentlich nicht passend gekleidet. Sie trug eine weite Leinenhose und ein schwarzes Top, dazu rote Ohrringe und einen farblich passenden Ring. Sie war nicht mal geschminkt, und sie hatte jetzt nicht die Zeit, um noch einmal nach Hause zu gehen und sich umzuziehen, wenn sie nicht zu spät zur Arbeit kommen wollte.

Sie benutzte die Selfie-Funktion ihres Handys als Spiegel und stellte fest, dass ihr Haar völlig zerzaust war. Am Abend würde sie es hochstecken oder zu einem Pferdeschwanz zusammenbinden müssen.

Im Tierheim wurde sie von einer älteren Dame mit blond gelocktem Haar empfangen. Lächelnd ließ sie Nagore eintreten und fragte sofort nach Blue. Sie war nach wie vor bisher die einzige Katze aus dem Tierheim, das nun mit dem Neko Café über eine Art Schaufenster verfügte, die ein neues Zuhause gefunden hatte.

»Der Innenausstatter des Lokals hat sich bis über beide Ohren in Blue verliebt, und wie es scheint, hat sie ihn auch ins Herz geschlossen, sodass sie uns vor etwas mehr als einer Woche verlassen hat.«

»Manchmal geschehen Wunder, vor allem wenn eine Katze in der Nähe ist«, meinte die ältere Dame und führte Nagore in den hinteren Teil des Tierheims, wo sich ein begrünter Innenhof befand. »Wir haben Platz für maximal fünfundzwanzig Katzen, und derzeit sind zweiundzwanzig hier. Wie sieht es denn mit deinen Kenntnissen der Katzensprache aus?«

»Wie bitte?«, fragte Nagore verblüfft.

Was sollte das denn sein, Katzensprache?

»Ich meine, ob du die Zeichen verstehst, mit denen sich die Katzen mitteilen. Mit Miauen kann man nur eingeschränkt kommunizieren, aber Katzen drücken viel mit dem Körper aus.«

»Ehrlich gesagt, habe ich davon nicht so viel Ahnung«, gestand Nagore.

»Kein Problem. Wie wäre es mit einem kleinen Einführungskurs? Schau mal!«

Bevor sie in den Innenhof traten, gab die Frau Nagore ein paar laminierte Seiten und bot ihr Platz an, um sie in Ruhe lesen zu können.

Katzen kommunizieren mit Körpersprache und benutzen dafür vier Bereiche ihres Körpers: den Schwanz, die Ohren, die Augen und den Kopf. Dabei ist das, was sie mit dem Schwanz mitteilen, am einfachsten zu verstehen:

- *angehobener Schwanz mit und ohne gewellter Spitze: Ich bin zufrieden.*
- *Schwanz zuckt unregelmäßig hin und her: nervös oder ängstlich.*
- *vibrierender Schwanz: Ich freue mich sehr, dich zu sehen.*
- *Hängender oder eingezogener Schwanz: Ich habe Angst.*
- *hängender Schwanz mit gesträubtem Fell: Ich habe Angst und fühle mich angegriffen.*
- *N-förmiger-Schwanz mit gesträubtem Fell: extreme Aggression.*

Die Sprache der Augen ist etwas komplizierter. Schau einer Katze nie direkt in die Augen, weil sie das als aggressiv interpretieren könnte. Will eine Katze mit dir schmusen, sieht sie dich mit halb geschlossenen Augen an. Danach wendet sie majestätisch den Blick ab.

Der Kopf und die Ohren können ebenfalls Verschiedenes zum Ausdruck bringen:

- *die Ohren nach hinten gelegt: Angst, Aggression.*
- *die Zunge draußen: Besorgnis, Ekel.*

- *jemandem mit dem Kopf, der Körperseite oder dem Schwanz um die Beine streichen: Begrüßungsritual, etwas für sich einfordern.*
- *mit dem Kopf anstoßen: Freundschaft, Zuneigung.*
- *im Gesicht schnüffeln: Bedürfnis, die Identität zu überprüfen.*
- *die feuchte Nase reiben: Zuneigung.*
- *lecken: definitives Zeichen der Zuneigung.*

Auf der anderen Seite der laminierten Katzenanleitung wurde erklärt, dass sich Katzen nur mit Menschen über Miauen verständigten und sich mit anderen Tieren zischend oder schnurrend unterhielten.

Wenn sie schnurrten, bedeutete das üblicherweise, dass sie zufrieden waren, aber es konnte auch heißen, dass ihnen etwas wehtat oder es ihnen nicht gut ging.

Nagore lernte, dass Katzen zweiunddreißig Muskeln in den Ohren hatten, dass die Spitzen ihrer Schnurrhaare mit Nerven durchzogen waren und dass sie sich erst vor relativ kurzer Zeit zum Haustier entwickelt hatten, nämlich vor wenigen Tausend Jahren. Sie erkannten zwar ihre Namen, wenn sie gerufen wurden, hatten aber nicht das geringste Interesse daran, ihren Herrchen oder Frauchen zu gehorchen.

Als Nagore mit der Lektüre fertig war, wandte sie sich an die Frau aus dem Tierheim und sagte: »Ich glaube, dass ich die Katzensprache noch nicht perfekt beherrsche, aber ich werde das, was ich gelesen habe, genau beachten. Aber ich würde dich gern um einen Gefallen bitten: Ich fürchte mich ein wenig davor, einen Raum mit so vielen unbekannten Katzen zu betreten. Könntest du mich ihnen vorstellen und mir über jede etwas erzählen? Und dann machen wir eine Liste der möglichen Kandidaten.«

»Aber sicher, Nagore. Ich merke schon, warum Yumi dich ausgewählt hat. Du gehst sehr respektvoll mit Katzen um. Vielleicht erreichst du eines Tages, dass eine Katze sich auch mit ihrem Hinterteil an dir reibt und nicht nur mit dem Kopf. Dann kannst du dich glücklich schätzen.«

»Warum?«, fragte Nagore überrascht.

»Weil das bedeutet, dass du jemand Besonderes bist. Zumindest für diese Katze.«

22.

Eine bittersüße Feier

Nagore begrüßte Marc mit einem Lächeln in der Hoffnung, einigermaßen akzeptabel auszusehen. Nachdem sie sich mit einem Wangenkuss begrüßt hatten, fragte sie ihn:

»Wie kommt es, dass du eine Brille trägst?«

»Normalerweise benutze ich Kontaktlinsen, aber meine Augen sind müde. Ich hab in den letzten Tagen zu viel Zeit vor dem Computer verbracht. Und? Bist du auf eine unglaubliche Erfahrung vorbereitet?«

»Ich weiß nicht …«, sagte sie und biss sich auf die Lippe. »Kannst du mir einen Tipp geben? Ich bin sehr neugierig auf das, was du mir erzählen willst.«

»Das wirst du an einem ganz besonderen Ort erfahren. Aber zuerst müssen wir dorthin gelangen.«

Nachdem er dies gesagt hatte, gab Marc ihr einen Sturzhelm und setzte selbst einen auf. Dann wies er auf eine alte Lambretta, die am Gehsteig parkte.

»Wohin fahren wir?«, fragte Nagore überrascht.

»Nach oben. Also halt dich gut fest«, riet ihr Marc mit durch den Helm gedämpfter Stimme.

Als der Motorroller losfuhr, legte Nagore ihm fest die Arme um die Taille. Seine weiche Lederjacke roch so gut, dass sie sich zusammenreißen musste, um nicht das Gesicht zwischen seine Schultern zu legen.

Es dämmerte bereits, als sie ihr mysteriöses Ziel erreichten. Der Eingang des Restaurants wurde von Lichterketten erhellt, die aussahen wie Glühwürmchen.

Ein Angestellter des Lokals nahm ihnen die Helme ab und begleitete sie zu einem Tisch mit Blick über die Stadt. Die Aussicht war wundervoll, und von den Bergen her wehte eine angenehme Brise.

»Das ist ein unglaublicher Ort! Wo genau sind wir hier?«, fragte Nagore glücklich und mit glitzernden Augen.

»Irgendwo auf dem Tibidabo.«

»Ich hatte keine Ahnung, dass es hier solche Restaurants gibt. Sag mal, haben wir einen Grund zu feiern? Geht es Elías wieder besser?«

»Leider geht es Elías gar nicht gut.« Marc schüttelte betrübt den Kopf. »Ich war gestern bei ihm, und er wird immer schwächer. Aber er ist glücklich und ausgeglichen. Er hat keine Angst vor dem, was kommen wird. Gestern hat er mir gesagt, dass er glaubt, nie mehr in sein Haus zurückkehren zu können. Du weißt ja, dass ich Anwalt bin, und ich helfe ihm bei seinem Testament. Es ist seltsam, an so etwas zu denken, aber da er keine direkten Erben hat, muss er alles genau festlegen.«

Nagore hätte ihm gern tröstend eine Hand auf die Schulter gelegt, hielt sich jedoch zurück. »Das tut mir sehr leid, Marc. Denk daran, dass er, egal, was auch passiert, ein langes glückliches Leben hatte.«

»Es ist alles in Ordnung, wirklich.« Marc trank einen Schluck Wasser. »Ich habe schon vor langer Zeit meinen Vater verloren, darum bin ich so gern mit Elías zusammen. Aber wir sind nicht hier, um jemanden zu betrauern, der noch am Leben ist.«

»Warum dann?«, erkundigte sich Nagore mit fragendem Blick.

»Lass uns zuerst auf das Wiedersehen von Sort und Elías anstoßen. Und danach ...«, kündigte Marc feierlich an, während er ihnen beiden Wein nachschenkte, »trinken wir auf den Job in Genf, den man mir angeboten hat!«

Er sah Nagore aufmerksam an, während sie merkte, wie ihr das Lächeln im Gesicht gefror.

»Und worum geht es genau?«, fragte sie und zwang sich dazu, sich für ihn zu freuen.

»Ich würde für die UNHCR arbeiten, die UNO-Flüchtlingshilfe. Es fällt mir noch schwer, das zu glauben. Es ist über ein Jahr her, dass ich mich für diese Stelle beworben habe. Es gab sechs Runden mit Vorstellungsgesprächen, und ich hatte die Sache schon für verloren gehalten. Bis ich heute Morgen die Zusage bekommen habe.«

»Das ist ... eine großartige Neuigkeit, Marc. Ja, das müssen wir feiern!«, sagte Nagore, die zu entscheiden versuchte, ob sie nun traurig sein sollte oder nicht.

Sie hatte noch nicht gewagt, Marc die Zuneigung zu zeigen, die sie für ihn empfand, hatte sich eher bemüht, sie zu verbergen. Was ihr, wie so oft, zu spät klar wurde.

Nachdem sie das Essen bestellt hatten, nahm Marc seine Brille ab, um sie zu putzen, während Nagore versuchte, die Schmetterlinge in ihrem Bauch zu verscheuchen. Was alles andere als leicht war. Nicht dass sie bei Marc wirklich ernsthafte Absichten gehabt hätte, aber sie begann, seine Gesellschaft zu genießen. Was nun bald nicht mehr möglich sein würde.

»Wann ziehst du um? Weißt du schon das genaue Datum?«

Marc trank einen Schluck Wein, bevor er antwortete, und sah Nagore eindringlich an. »Ich habe die Zusage erhalten, aber ich weiß noch nicht, ob ich das Angebot annehmen werde oder nicht. Jetzt gerade bin ich mir äußerst unsicher.«

Nagore bemühte sich, langsam zu atmen und irgendwelche Gefühlsäußerungen zurückzudrängen. Ihr Körper sehnte sich danach, erleichtert zu seufzen, doch wenn sie das tun würde, wüsste er, wie es um sie stand. Aber wollte sie nicht eigentlich genau das? Also seufzte sie.

Marc atmete einmal tief durch und begann mit seinem Glas zu spielen. »Es ist so viel Zeit vergangen, seit ich mich um diese Stelle beworben habe. Inzwischen ist so viel passiert. Wenn das Leben ein Brettspiel wäre, wäre meine Spielfigur nun ganz woanders.«

»Ich verstehe, was du meinst. Manchmal fühle ich mich genauso.«

»Im Moment weiß ich nicht, ob ich nach Genf umziehen soll oder nicht. Ich möchte Elías in diesem Stadium, das noch Monate andauern kann, nicht allein lassen. Außerdem gibt es da noch ein paar andere Dinge, die ich erst klären will.« Dann beantwortete er die Frage, die Nagore ihm gestellt hatte: »Ich müsste in zwei Wochen anfangen. Bis nächsten Mittwoch habe ich Zeit, mich zu entscheiden.«

»Na ja, du würdest sicher sehr gut verdienen, oder?«

Nagore hasste sich dafür, den Advocatus Diaboli zu spielen, aber wenn es Marcs Traum war, für die Vereinten Nationen zu arbeiten, wer war sie, ihm das zu verwehren?

»Ja, ein gutes Gehalt. Aber Geld ist nicht alles, findest du nicht?«

»Na ja, manchmal kann es ganz schön nützlich sein«, meinte sie und dachte dabei an ihre eigene Situation. »Aber du hast recht, manchmal ist es besser, auf sein Bauchgefühl zu hören. Ist es das, was dich zweifeln lässt?«

»Etwas in der Art.«

Als das Essen kam, erschien Nagore alles so köstlich und wunderbar, dass es ihr schwerfiel zu glauben, dass dies kein romantisches Abendessen zwischen zwei Verliebten war, sondern der Abschied zweier Menschen, die gerade Freunde geworden waren.

Sie sagte sich, dass sie nun unbedingt zum Friseur gehen musste. Diese Investition hätte sie gern noch etwas hinausgeschoben, aber jetzt konnte sie es sich nicht mehr erlauben, ihr Äußeres zu vernachlässigen. Und wenn möglich, würde sie sich ein neues Kleid kaufen und vielleicht …

»Was meinst du, Nagore? Würdest du mich in der Schweiz besuchen?«

»Sicher«, sagte sie schnell und zwinkerte ihm zu.

Als sie miteinander anstießen, dachte sie: Verdammte Schweiz! Und leerte ihr Glas in einem Zug.

23.

Fígaros Geschenk

Den Rest der Woche über ging Nagore dieses Abendessen nicht mehr aus dem Kopf. Die ganze Zeit musste sie an Marc denken.

Obwohl ihre Eltern ihr Geld geliehen hatten und sie bereits ein erstes Gehalt bekommen hatte – wenn auch nicht den vollen Betrag –, konnte sie es sich nicht leisten, zum Friseur zu gehen oder sich ein neues Kleid zu kaufen.

An diesem Sonntagmorgen kümmerte sie sich um die Katzen, wie sie es ihrer Chefin versprochen hatte, und danach ging sie an den Strand, um ein wenig im Meer zu schwimmen. Erfolglos versuchte sie, sich über alles klar zu werden.

Am Montag fiel Yumi auf, dass ihre Angestellte nachdenklicher war als sonst, aber Nagore konnte oder wollte nicht mit ihr darüber reden. In Gedanken versunken betrachtete sie Fígaro, während die Gäste sich bemühten, Zärtlichkeiten mit den Katzen auszutauschen. Auf seinem »Hochsitz« auf der Theke putzte sich der Kater mit dem halben Schnurrbart sorgfältig, was die Blicke des Publikums auf sich zog.

Nagore sagte sich, dass ein solches Verhalten bei einer Katze, die weder reinrassig noch irgendwie besonders war, von einem gesunden Selbstwertgefühl zeugte. Wie das Sprichwort sagte, war jeder sich selbst der Nächste. Oder anders gesagt: Es war unmöglich, von anderen geliebt zu werden, wenn man sich selbst nicht liebte.

Anders als Fígaro war sie keine eitle Katze, aber sie sagte sich, dass es gut wäre, ihrem Äußeren etwas mehr Aufmerksamkeit zu schenken. Denn wie sollte sie jemand anderem gefallen, wenn sie sich selbst nicht gefiel?

Im Verlauf dieser Grübeleien verging der Nachmittag angenehm ruhig. Ein Paar aus den Vereinigten Staaten verguckte sich in Fígaro, der sich eine ganze Weile streicheln ließ, ohne jedoch seinen Aussichtsplatz verlassen zu wollen.

Zu Ehren des vierbeinigen Musikliebhabers zeichnete Nagore an diesem Tag sein unvollständiges Gesicht in den Milchschaum der Gäste.

Ein indischer Tourist, der auf unerklärliche Weise den Weg ins Neko Café gefunden hatte, bat sogar darum, mit Fígaro fotografiert zu werden, wobei er dessen Milchschaum-Abbild in die Kamera hielt.

»Ich habe mich hoffnungslos in diese Katze verliebt«, sagte die Amerikanerin, als die beiden bezahlten. »Hast du ihren lustigen Schnurrbart gesehen? Wie gern würde ich sie mit nach Hause nehmen. Aber ich glaube nicht, dass das möglich wäre.«

»Die Reise wäre eine Tortur für den Kleinen, Liebling«, meinte der Mann, während er die Hand seiner Frau streichelte. »Wir können ja eine Katze adoptieren, wenn wir wieder in Portland sind.«

Die Frau antwortete nicht und schien vollkommen hypnotisiert von Fígaro, den sie mit einer Kordel lockte, an deren Ende eine Feder hing. Die Katze versuchte, die Feder mit der Pfote zu erreichen, was ihr nicht gelang. Schließlich überließ die Frau

Fígaro die Feder, der sie mit allen vier Pfoten packte und sich auf den Rücken drehte.

Als er dabei von der Theke fiel, verlor er wahrscheinlich eines seiner Leben. Ohne sich seinen Ärger anmerken zu lassen, verzog er sich daraufhin mit seinem halben Schnurrbart an einen anderen Ort im Neko Café.

Dem Gesicht der Amerikanerin war anzusehen, wie traurig sie war, dieses kleine Wesen nicht mit nach Hause nehmen zu können.

Mit einem freundlichen Blick auf Nagore sagte sie: »Danke für die wunderbaren Milchkaffees. Und für das magische Ambiente, das ihr hier für sie geschaffen habt. Wir haben diesen Ort sehr ins Herz geschlossen. Und sicher werden wir uns zu Hause eine Katze zulegen.«

»Es war uns eine Freude«, entgegnete Nagore. »Ich bin mir sicher, dass die Katze, die Sie auswählen, sehr glücklich bei Ihnen sein wird. Vielen Dank für Ihren Besuch.«

Sie verbeugte sich leicht, wie Yumi es immer tat.

Als die beiden Amerikaner gegangen waren und Nagore zu deren Tisch ging, um ihn sauber zu machen, blieb ihr fast das Herz stehen. Denn darauf lag ein Fünfzigeuroschein mit einer Nachricht: *Bitte nutzen Sie das Geld, um Fígaro glücklich zu machen.*

Nagore nahm den Schein und ging damit zu Fígaro, der wieder einmal damit beschäftigt war, sich zu putzen. »Du hast gerade fünfzig Euro verdient! Du bist unglaublich, Fígaro! Würdest du das Geld mir überlassen, damit ich es dir gleichtun und mich ein wenig hübsch machen lassen kann?«

Auf sehr katzentypische Art ließ der Kater sie wissen, dass er ihr nicht zuhörte. Fígaro schien sich nur dafür zu interessieren, dass sein Fell auch gründlich sauber war. Dankbar verbeugte sich Nagore auch vor ihm, als wäre sie eine Ballerina.

Bevor Mick Jagger ein Rockstar wurde, hatte er gesungen: *Ich habe kein Geld, aber ich weiß, wofür ich es ausgebe.* Nagore ging es genauso, mit dem einzigen Unterschied, dass sie den Fünfzigeuroschein bereits in der Tasche hatte.

24.

Der schwarze Ritter

»Elías hat uns verlassen.«

Nagore stand wie erstarrt mit dem Handy am Ohr. Es war noch nicht lange her, dass der Wecker geklingelt hatte, und der Anruf hatte sie auf dem Weg zur Dusche erreicht.

»Er ist heute Morgen nicht mehr aufgewacht«, fuhr Marc fort. »Ich habe die Nachricht gerade aus dem Krankenhaus bekommen.«

Sie schwieg, da sie nicht wusste, was sie sagen sollte. Sie hatte das Gefühl, dass jedes Wort, das ihr in diesem Moment über die Lippen gekommen wäre, hohl klingen würde.

»Ich wäre gern bei ihm gewesen, Nagore, aber ich fürchte, dass Elías genau aus diesem Grund für seinen Tod einen Zeitpunkt am frühen Morgen gewählt hat. Er war wie Sort und wollte anderen keine Belastung sein.« Marc machte eine Pause, als ob ihm die Worte im Hals festsitzen würden, doch dann fügte er noch hinzu: »Er hat dir etwas hinterlassen. Die Bestattung findet in ein paar Stunden im Beerdigungsinstitut statt. Möchtest du kommen?«

»Ich werde da sein. Bis nachher, Marc.«

Nachdem das Gespräch beendet war, rief sie Yumi an, um ihr zu sagen, dass sie womöglich etwas später kommen würde, da sie sich, wie sie erklärte, von Elías verabschieden wollte.

»Aber sicher, Nagore. Bitte kauf ihm von uns einen schönen Blumenstrauß, der ihn begleiten soll. Ich werde eine Kerze anzünden, um ihm zu helfen, den Weg zu seinen Vorfahren zu finden.«

Als Nagore im Beerdigungsinstitut ankam, war kaum jemand dort. Sie legte den Blumenstrauß auf einen Stuhl und begrüßte Marc.

»Vielen Dank, dass du hier bist. Vielleicht kommen noch andere, aber ich habe kein Adressbuch von Elías und wusste nicht, wen ich benachrichtigen soll.« Er seufzte. »Die wenigen Menschen, die hier sind, waren Patienten, die mit ihm im Zimmer gelegen haben. Die Oberschwester hat sie alle persönlich angerufen. Elías war im Krankenhaus sehr beliebt.«

Nagore trat auf Marc zu und bat ihn: »Darf ich dich umarmen?«

Marc nickte, und Nagore spürte, dass ihr Herz schneller schlug. In seinen Armen merkte sie, dass seine Schultern zuckten. Und er wirkte größer.

Als sie sich voneinander lösten, suchte er in seinen Taschen und übergab ihr dann einen kleinen weißen Umschlag, auf dem mit Hand geschrieben ihr Name stand.

»Ich muss zum Gericht; ich kann ihn nicht mal auf seiner letzten Reise begleiten«, sagte er traurig. »Kannst du bis zum Ende der Zeremonie bleiben? Ich hab gesagt, dass du die ihm am nächsten stehende Person warst.«

»Sicher«, sagte Nagore, den Umschlag in der Hand.

»Vielen Dank für alles, Nagore.« Marc verabschiedete sich mit einem Wangenkuss von ihr. »Ich hab in dieser Woche irre viel Arbeit, aber wir könnten uns am Wochenende sehen.«

»Alles klar«, entgegnete sie, während sie nach dem Blumenstrauß griff.

Als die Zeremonie vorbei war, setzte sich Nagore für eine Weile in einem nahe gelegenen Park auf eine Bank. Sie hielt Elías' Brief eine Weile in der Hand, ohne ihn zu öffnen. Noch nie hatte sie eine Nachricht von einem Verstorbenen erhalten, und sie fühlte sich zutiefst bewegt von der Vorstellung, dass jemand auf diese Art von jenseits des Lebens zu ihr sprach.

Sie band sich das Haar zu einem Knoten, damit ihr nicht so warm war, dann öffnete sie den Umschlag. Darin waren zwei in einer schönen Handschrift verfasste Seiten.

Liebe Nagore,
diesen Brief schreibe ich Dir nach dem Ausflug in Euer Katzencafé. Ich kann kaum in Worte fassen, wie glücklich es mich gemacht hat, Sort noch einmal zu sehen, aber ich fürchte, es war das letzte Mal, dass ich ihm oder sonst jemandem einen Besuch abstatten konnte. Ich fühle mich immer schwächer und bin wie eine Kerze kurz vor dem Erlöschen.
Während ich Dir das berichte, bin ich nicht traurig. Dass wir uns kennengelernt haben, hat mich erneut Gefallen am Leben finden lassen. Es gab mir die Gewissheit, dass alles aus einem bestimmten Grund geschieht, und ich habe das Gefühl, dass die Dinge genau auf diese Art und Weise passieren mussten. Es war vorherbestimmt, dass Marc an meiner Haustür klingelte, damit er sich später um Sort kümmern und ihn in Euer Café bringen konnte, wo Yumi und Du ihn versorgen konntet. Ich weiß, dass das Leben noch anderes mit Euch vorhat, aber ich werde nicht mehr hier sein, um dies zu verfolgen.

Ich habe keine Kraft mehr und muss mich eine Weile ausruhen. Dann schreibe ich weiter.

Das ist die Magie der Briefe: Man kann sie jederzeit zu schreiben beginnen, fortfahren und beenden, wann immer man bereit dazu ist. Mir bleibt nun nicht mehr viel Zeit, und es gibt noch einiges zu klären.
Heute habe ich mich gefragt, was Ihr meinem Wunsch nach mit Sort machen sollt, unserem Meister der Gelassenheit. Er ist ein Kavalier der alten Schule, mein kleiner Krieger. Ich weiß nur wenig über Dich, Nagore, aber hier, in diesem leeren Zimmer, frage ich mich, ob Du Sort nicht adoptieren möchtest? Ich weiß, dass Du keine leidenschaftliche Katzenliebhaberin bist, aber da er die erste Katze war, die Du angefasst hast, besteht zwischen Euch beiden vielleicht eine besondere Verbindung.
Du musst Dich nicht sofort entscheiden. Nimm Dir die Zeit, darüber nachzudenken. Diesen Brief wirst Du erst erhalten, wenn ich nicht mehr da bin, sodass ich ewig Zeit habe zu warten.
Ich möchte Yumi und Dich nur darum bitten, Sort nicht auf die Adoptionsliste zu setzen, solange Du Dich noch nicht entschieden hast. Vielen Dank dafür.
In der letzten Zeit, bevor ich ins Krankenhaus gekommen bin, hatte diese Katze für mich heilende Kräfte. Sie ist immer zu mir gekommen, wenn es mir schlecht ging, obwohl ich nie laut geklagt habe. Dann hat sie sich neben mich gelegt, sodass ich ihre Berührung spüren konnte.
Nachdem ich Dir all das mitgeteilt habe, bleibt mir nur, Dir zu wünschen, dass Du all das finden wirst, wonach Dein Herz sich sehnt, und bitte genieße jeden Moment, denn nichts währt ewig.

Trauert nicht um mich. Ich habe nach einem ausgefüllten Leben meinen Frieden gefunden und bin neugierig auf das, was nun kommen wird. Denn irgendetwas muss es dort, auf der anderen Seite, geben, glaubst Du nicht auch?

Wenn dem so ist, werden wir uns eines Tages wiedersehen, wobei ich hoffe, dass bis dahin noch viel Zeit vergehen wird.

All meine Liebe für Dich, Marc, Yumi und Sort,
danke, dass Ihr meine letzten Stunden erhellt habt.

Elías

Die leichte Brise spielte mit den Haarsträhnen, die sich aus Nagores Knoten gelöst hatten. Sie schloss die Augen, um diese Streicheleinheit der Luft besser genießen zu können. Dann spürte sie, dass zwei stille Tränen über ihre Wangen liefen.

Ihr Herz zog sich schmerzhaft zusammen, als sie an Elías mit Sort auf dem Schoß dachte.

Sie wusste nicht, was sie tun sollte; sie brauchte ein wenig Zeit, um das, was geschehen war, und vor allem Elías' Tod zu verarbeiten.

Nachdem sie den Brief eingesteckt hatte, beschloss sie, nicht die öffentlichen Verkehrsmittel zu nehmen, sondern sich zu Fuß zum Café zu begeben und den Weg dorthin zu nutzen, um in sich zu gehen.

25.

Neugier hilft der Katze aus der Not

Yumi hatte noch nie so glücklich und beschwingt gewirkt wie in der Zeit, in der ihr Mann bei ihr in Barcelona war. Er war einige Jahre älter als sie und kam jeden Tag ins Neko Café, um sich nützlich zu machen.

Im Stillen fragte sich Nagore, wie sie diese Fernbeziehung aushielten. Am kommenden Montag würden die beiden für zehn Tage verreisen, und in dieser Zeit würde Nagore das Café allein führen müssen. Sie versuchte, möglichst nicht daran zu denken, um keine ihrer früheren Panikattacken zu kriegen.

Zum Ausgleich würden sich Yumi und ihr Mann an dem Wochenende, das kurz bevorstand, allein um die Katzen kümmern, damit Nagore volle zwei Tage hatte, um sich auszuruhen.

Marc hatte versprochen, sich mit ihr zu treffen, aber bisher hatte er sich noch nicht wieder gemeldet. Sie hatte ihm ein paar Nachrichten geschickt, die er jedes Mal liebevoll, aber sehr knapp beantwortet hatte.

Vielleicht trauerte er noch um seinen alten Freund, oder er hatte beruflich einfach zu viel um die Ohren. Wahrscheinlich traf beides zu.

Angesichts dieser Ungewissheit liebäugelte Nagore mit einem zweitägigen Kurzurlaub übers Wochenende. Sie musste unbedingt mal raus aus der Stadt, und wenn es nur für einen langen Waldspaziergang war. Allerdings würde sie sich keine Hotelübernachtung leisten können.

In diesen Augusttagen kamen nur halb so viele Gäste wie sonst ins Café. Abgesehen von dem ein oder anderen Touristen, der sich verlaufen hatte und neugierig durchs große Lokalfenster sah, döste die Stadt in einer leichten, entspannten, katzenhaften Atmosphäre vor sich hin.

Zwischen Eistee und Kaffee mit Schnurrhaaren beschäftigte sich Nagore in den Momenten, in denen nichts zu tun war, mit ihrem Notizbuch. Sie hatte festgestellt, dass sie es besonders genoss, in der stillen, verspielten und manchmal neugierigen Gesellschaft der Katzensippe zu zeichnen.

Um mit dem Olymp der Katzen fortzufahren, hatte sie Licors hübschen Rotschopf mit den glänzenden Augen, dem wuscheligen Fell und dem langen Schnurrbart, der in alle Richtungen zeigte, skizziert. Unter die Zeichnung schrieb sie:

Sei flexibel, aber verlier nicht aus dem Blick, wer du bist.
LICOR

Davor hatte sie bereits ein hübsches Porträt des Musikliebhabers mit dem hochmütigen Blick und dem halben Schnurrbart aufs Papier gebracht. Sie hatte überlegt, dazu ein Grammofon zu zeichnen wie bei dem kleinen Hund auf dem Logo von *His Master's Voice*, doch letztendlich schrieb sie nur den zu Fígaro passenden Satz unter das Porträt.

Achte auf dein Aussehen,
denn du weißt nie, wer dich ansieht.
(Und vor allem musst du dir selbst gefallen.)
FÍGARO

Während Nagore zufrieden die sechs Zeichnungen betrachtete, merkte sie nicht, wie Yumi hinter sie trat. Und sie war nicht die Einzige: Auch Sherkhan, die Tigerkatze, die sonst immer allein unterwegs war, wollte wissen, was Nagore machte. Bevor diese es bemerkte, sprang er auf den Tisch und schnüffelte an dem Büchlein mit den Zeichnungen herum.

»Sehen sie so echt aus, dass du sie beschnüffeln willst?«, scherzte Nagore, während Sherkhan mit der Pfote einen der Zeichenstifte anstieß, bis dieser auf den Boden fiel.

Als Nagore deswegen mit ihm schimpfte, rannte der kleine Tiger davon, um sich irgendwo zu verstecken.

»Ich mag deinen Stil sehr«, sagte Yumi und musste sich ein Lachen verkneifen. Sie hob den Stift auf und setzte sich neben ihre Freundin. »Es ist ein erfrischender und sehr persönlicher Stil.«

»Danke«, erwiderte Nagore schüchtern. »Das sind nur Skizzen. Sie helfen mir zu verarbeiten, was gerade alles passiert.«

Yumi sah sie eindringlich an, als ob sie noch viel mehr verstünde, als Nagore ihr zu sagen bereit war. In all den Wochen, die Nagore inzwischen mit Yumi verbracht hatte, war ihr aufgefallen, dass Japaner darauf achteten, niemanden zu bedrängen, ein Verhalten, das ihr sehr gut gefiel.

Sherkhan wollte unbedingt herausfinden, ob der Bleistift fliegen konnte, sodass er erneut auf den Tisch sprang und ihn mit einem weiteren Hieb mit der Pfote in die Tiefe beförderte. Die

Katze setzte sofort hinterher und ließ den Stift über den Boden rollen.

Nachdem Nagore gleichzeitig amüsiert und verärgert Sherkhans Kapriolen zugesehen hatte, nahm sie ihm den Bleistift weg und bot ihm stattdessen seinen Lieblingsball an, an dem eine Feder hing. Dieses Spielzeug war bei Sherkhan so begehrt, dass es oft in irgendeiner dunklen Ecke des Cafés verschwand. Da Nagore dies wusste, bewahrte sie stets ein Ersatzexemplar außerhalb der Reichweite der Katze auf.

»Nagore, ich glaube, dass Sherkhan uns zeigen will, dass man etwas tun muss, um das zu bekommen, was man möchte. Vielleicht wollte er, dass du ihm den Ball mit der Feder gibst, und hat keine andere Möglichkeit gesehen, dir das klarzumachen, als mehrfach den Stift zu stibitzen.«

»Ich denke, dass er einfach nur neugierig ist«, entgegnete Nagore lächelnd. »Er hat gesehen, wie sich der Bleistift in meiner Hand bewegt hat, und wollte wissen, ob er das von allein macht.«

»›Neugier ist der Katze Tod‹«, zitierte Yumi das Sprichwort. »Wobei ich schon immer der Meinung war, dass das nicht stimmt. ›Es ist eher der Mangel an Neugier, der uns tötet.‹ Wenn jemand aufhört, sich Dinge vorzustellen, wenn er nicht mehr darauf wartet, dass mal etwas anderes passiert, und sich nicht mehr aus seiner Komfortzone herausbewegt, fängt er an zu sterben. Vielleicht wollte unser Sherkhan uns das deutlich machen.«

»›Neugier hilft der Katze aus der Not.‹ Du hast recht, das klingt viel besser.«

Das war der Moment, in dem Yumi sozusagen in den *Banzai*-Modus schaltete, um den Stier bei den Hörnern zu packen. »Bist du nicht neugierig, was mit Marc los ist?«

Nagore zuckte mit den Schultern, während sie mit dem Blick weiterhin Sherkhans energischem Spiel mit dem Ball folgte. Was sollte sie Marc denn fragen? Sie wollte ihm nicht lästig fallen, indem sie ihn ohne triftigen Grund anrief.

Genau in dem Moment kam ihr blitzartig ein erhellender Gedanke.

Das Haus! Zweifellos war sie äußerst neugierig darauf, Elías' Zuhause kennenzulernen.

26.

Die Veränderungsformel

Am Freitagmorgen hatte Nagore endlich den ersehnten Termin beim Friseur und wollte anschließend nach einem hübschen Kleid suchen, das Fígaro, der alte Charmeur, ihr ermöglicht hatte.

Schon mit dem neuen Haarschnitt, dem ersten, seit sie aus London zurückgekehrt war, hatte sie das Gefühl, ihre alte Haut abgelegt zu haben, sodass ihr neues Ich mehr Platz hatte, sich zu entfalten. Bereits als sie gesehen hatte, wie die Hälfte ihrer Mähne auf den Boden fiel, hatte sie sich wunderbar befreit gefühlt.

Als sie dann außerdem noch ein hübsches cremefarbenes Baumwollkleid im Angebot fand, das die Vorzüge ihrer Figur betonte, war sie mehr als glücklich. Nun war sie bereit, Marc anzurufen.

»Kannst du reden?«

»Ja, ich mache gerade eine Pause. Wie schön, deine Stimme zu hören!«

»Geht mir genauso …«, begann sie zögernd. »Ich hab in dieser Woche oft an Elías gedacht, und ehrlich gesagt, würde ich mir gern mal sein Haus ansehen, bevor es Eigentum der Stadt oder gar abgerissen wird, falls es in so schlechtem Zustand ist. Könntest du mal mit mir dort hingehen und es mir zeigen? Morgen, am Samstag, arbeite ich nicht …«

»Sicher. Kein Problem.« Seiner Stimme war eine gewisse Überraschung anzuhören. »Noch habe ich die Schlüssel, und ich glaube nicht, dass irgendjemand etwas dagegen hätte, wenn ich es dir zeige. Ich hole dich nach dem Mittagessen ab, wenn das okay ist.«

»Perfekt!«

Nagore beglückwünschte sich, dass sie endlich eine richtige Verabredung hatten, die anders war als die spontanen Treffen vorher. Sie würde genug Zeit haben, sich vorzubereiten.

Tatsächlich fühlte sie sich den ganzen Freitag über, als würde sie schweben. Die Schmetterlinge waren in ihren Bauch zurückgekehrt und machten sich über ihre vorsichtigen Gedanken lustig.

Sich an Fígaro ein Beispiel nehmend, der ihre Verwandlung von der Theke aus beobachtete, hatte sie beschlossen, dass sie diesmal so hell erstrahlen würde, wie sie es sich wünschte.

Ihr Haar war perfekt geschnitten und glänzte so schwarz wie ein sternenloser Nachthimmel. Das cremefarbene Kleid stand ihr ganz hervorragend: Es hatte einen tollen V-Ausschnitt und kurze Ärmel, die ihre Schultern sanft bedeckten, einen taillierten Schnitt, reichte bis knapp unterhalb der Knie und endete in einer ebenfalls cremefarbenen Spitzenborte. Nagore liebte die Art, wie es ihren Körper umhüllte.

Sie war bereits fertig und geschminkt, als die Sprechanlage in ihrer Wohnung verkündete, dass Marc mit britischer Pünktlichkeit erschienen war.

Sie zog sich ihre weichen Mokassins an, um das Bild zu vervollständigen, steckte eine kleine Wasserflasche in ihre Tasche und zog für die Fahrt auf dem Motorroller eine Jeansjacke über.

Als Marc sie aus dem Haus kommen sah, konnte er seine Überraschung nicht verbergen. »Nagore … Du siehst aus wie ein anderer Mensch!«

»Besser oder schlechter?«, fragte sie kokett, während sie ihr halb kurzes Haar schüttelte.

»Mit dir ist immer alles besser«, sagte er, während er ihr den Helm reichte.

Nach angenehmen zwanzig Minuten über einsame Straßen, durch Tunnel und Kurven erreichten sie das Haus in Vallvidrera, in dem der alte Lehrer gewohnt hatte. Die Stadt lag hinter ihnen und war nicht mehr zu sehen, und Nagore hatte das Gefühl, mitten im Wald zu sein.

Durch ein schmiedeeisernes Tor gelangten sie in einen kleinen, von Unkraut überwucherten Garten. In den Wochen, in denen das Haus inzwischen leer stand, hatte sich die Natur einiges an Terrain zurückerobert.

Die ausgebleichten weißen Wände des bescheidenen Hauses waren mit Weinreben bewachsen. An diesem Ort schien die Zeit stillzustehen.

Marc schloss die doppelte Holztür auf, und der abgestandene Geruch nach verlassenen Räumen stieg Nagore in die Nase.

»Das letzte Mal, dass jemand hier drin war, war, als ich Sort geholt habe.«

Nachdem Marc die Fenster geöffnet hatte, gingen sie durch die Räume. Alles war mit feinem Staub bedeckt. Je tiefer sie ins Haus vordrangen, desto goldener wirkten die im hereinfallenden Sonnenlicht tanzenden Staubkörner.

Im Wohnzimmer standen zwei große bequeme Sessel und Regale voller Bücher in doppelter Reihe. Der ganze Raum sah aus wie eine Bibliothek. Ein wesentlich kleineres Zimmer mit einem alten Holzschreibtisch und in dem überall Papier und noch mehr Bücher herumlagen, hatte als Büro gedient.

»Elías hat mir gesagt, dass er in diesem Raum, in den großen Kisten unter den Regalen, seine Briefsammlung aufbewahrte«, erklärte Marc bewegt. »Darunter sind auch seine eigenen Briefe, weil er beim Schreiben immer ein Kohlepapier unter den Briefbogen gelegt hat. Er war eben ein Mensch der alten Schule.«

»Wir sollten noch mal mit einem Auto herkommen und die Kisten mitnehmen«, sagte Nagore entschieden. »Wir dürfen nicht zulassen, dass diese Korrespondenzen verloren gehen.«

»Und was sollen wir damit machen?«

Nagore biss sich auf die Lippe, wie sie es immer tat, wenn sie einen Einfall hatte, und sagte: »Erst mal einfach aufbewahren. Später könnte ich sie dann abschreiben und jedem Brief die dazugehörende Antwort zuordnen. Vielleicht kann man irgendwann ein Buch mit einer kleinen Auflage daraus machen. Ein halbes Jahrhundert eines Lehrers und seiner Schüler in Briefen … Klingt das nicht gut?«

»Das ist eine wunderbare Idee!«, meinte Marc, während er sie mit einer Geste einlud, die Holztreppe hinaufzugehen.

Nagore spürte einen schmerzhaften Stich, als sie die leere Katzentoilette im Badezimmer sah. »Die hat sicher Sort gehört, oder?«

»Ja. Und es sind noch ein paar Sachen von ihm hier, die du vielleicht mitnehmen willst: seine Näpfe, Bälle, sein Lieblingskissen …«

Nagore entgegnete nichts darauf, auch wenn sie die Botschaft genau verstanden hatte. Schweigend folgte sie Marc.

Im oberen Stockwerk zeigte er ihr Elías' Schlafzimmer, ein Badezimmer mit einer alten Badewanne und ein Gästezimmer, das auf eine unglaublich friedliche und ruhige kleine Terrasse hinausging.

»Abgesehen davon, dass es ein wenig renovierungsbedürftig ist, ist das ein wunderschönes Haus, Marc. Was wird mit ihm geschehen?«

Marc setzte sich auf einen der Terrassenstühle mit Blick auf den Wald, und Nagore nahm neben ihm Platz.

»Genau darüber möchte ich mit dir sprechen.«

Angesichts Nagores neugierigen Blicks nahm er ihre Hände und betrachtete sie eine Weile, bevor er aufsah und ihr in die Augen schaute. Nagore hielt den Atem an.

»Elías war ein alter Sturkopf. Obwohl ich mit ihm beim Notar war, um festzulegen, dass das Haus nach seinem Tod einer öffentlichen Einrichtung zufällt, hat er sein Testament ohne mein Wissen noch einmal geändert.«

»Und?«

»Er hat mir das Haus vererbt, Nagore. Ich habe es ein paar Tage nach seinem Tod erfahren. Das heißt, wir können all die Briefe einfach hierlassen.«

Marc zog seine Hände vorsichtig zurück und betrachtete mit einem kindlich erfreuten Lächeln Nagores verblüfften Gesichtsausdruck. Er freute sich, sie so gerührt zu sehen, und seine Haltung, die freudige Tatkraft zum Ausdruck brachte, weckte in ihr ein großes Gefühl der Zärtlichkeit.

Beide standen auf und lehnten sich an das Terrassengeländer. Schließlich fragte Nagore: »Was wirst du mit dem Haus machen? Wenn du nach Genf gehst … Willst du es vermieten?«

»Nagore.« Er sprach ihren Namen mit einem derartigen Ernst, dass sie näher an ihn heranrückte, um an seinem Blick abzulesen, was er sagen würde. »Ich habe das Angebot abgelehnt.«

»Aber … warum? Das ist doch ein viel besserer Job als dein jetziger, oder nicht?«, fragte sie, wobei sie abrupt den Blick von ihm abwandte. »War es denn nicht das, was du wolltest?«

Marc wartete darauf, dass sie ihn erneut ansah, um dann fortzufahren: »Ich habe ihn abgelehnt, weil alles, was ich für mein Leben möchte, hier ist …«

Und Nagores Überraschung ausnutzend, gab er ihr einen zarten Kuss auf die Lippen.

27.

Ein neues Leben für ein altes Haus

Vier Monate später wurde das Haus des Lehrers mit neuem Leben gefüllt. Drei Leben, um genau zu sein. Sebas führte ein paar kleine Umbauten durch, wobei er so weit wie möglich die Originalstruktur des Gebäudes erhielt. Dann konnten Marc, Nagore und Sort in ihre kleine Oase im Wald einziehen.

Nachdem Nagore die Adoptionspapiere unterschrieben hatte, bat sie Yumi um einen freien Tag, damit sie die Katze in ihr neues Heim bringen konnte, auch wenn in diesem Fall das neue Zuhause zugleich das alte Zuhause war.

Das war zweifellos eine einzigartige Adoption, so wie alles an dem schwarzen Ritter Sort einzigartig war.

Marc und Nagore hockten sich neben die Transportbox auf den Boden, und sie öffnete die Tür. Einige Sekunden lang geschah nichts; dann zeigten sich nacheinander eine unruhige schwarze Nase, ein langer schwarzer Schnurrbart und der Rest des Katzengesichts, das genauso kohlrabenschwarz war, und untersuchten die Öffnung.

»Herzlich willkommen zu Hause, Sort«, begrüßte Nagore ihn bewegt. »Herzlich willkommen zurück.«

Die Katze schritt langsam aus der Transportbox, ohne dass die Nase, die Ohren, die Pfoten und der Schwanz für einen

Moment stillhielten. Sie erkundete mit riesigen Pupillen in den gelben Augen das ihr bekannte Terrain, das sich durch die Renovierung ein wenig verändert hatte.

Marc zog sich in die Küche zurück, um das Mittagessen zuzubereiten. In der Zwischenzeit durchstreifte Sort zaghaft alle Räume, und Nagore sortierte ihre eigenen Gefühle, nachdem die große Katze endlich wieder in ihrem Haus lebte. Während sie Sorts erste Schritte in seinem neuen alten Heim beobachtete, wunderte sie sich darüber, wie sehr sich ihr Leben in so kurzer Zeit verändert hatte.

Schließlich stellte sie die Transportbox weg und ging zu Marc in die Küche.

»Danke«, sagte sie und legte von hinten die Arme um ihn, während er auf einem Brett Gemüse klein schnitt. »Vor einem halben Jahr hätte ich nicht gedacht, dass ich so glücklich sein würde, wenn ich vierzig Jahre alt werde.«

Marc drehte sich zu Nagore um und umarmte sie seinerseits. »Herzlichen Glückwunsch, Liebling. Bist du bereit, einen Teil deiner Geschenke entgegenzunehmen? Das Gemüse kann warten.«

Zwei Minuten später öffnete Nagore eine Kiste, die auf dem Wohnzimmertisch stand, wobei Sort die Szene vom Sofa aus beobachtete, ohne sich auch nur das kleinste Detail entgehen zu lassen.

Die Kiste enthielt eine wunderbare Zusammenstellung an Pinseln, Farben in allen Tönen und hochwertiges Aquarellpapier sowie unterschiedliche Zeichenbleistifte, chinesische Tinte und Kohlestifte.

Nagore setzte sich an den Tisch, um diesen Schatz Stück für Stück zu begutachten, bevor sie sich mit einem Kuss bei Marc bedankte. Dabei wusste sie schon ganz genau, wofür sie dieses Geschenk verwenden würde. Denn es war an der Zeit, das zu vollenden, was sie vor Monaten begonnen hatte.

Es war bereits dunkel, als Nagore von ihrem Werk aufblickte. Nachdem sie sich stundenlang kaum bewegt hatte, streckte sie die Arme und den Rücken.

Sort, der den ganzen Nachmittag neben ihr Wache gehalten hatte, gähnte, nachdem er seine Muskeln mobilisiert hatte, und wandte sich um.

»Marc! Kannst du mal kommen und dir das anschauen? Wie gefällt es dir?«

Marc legte das Buch, in dem er gerade las, aufs Sofa und rückte neugierig an Nagore heran.

In der Mitte des Tisches lag ein DIN-A1 großes Blatt Aquarellpapier. Er beugte sich vor, um die Zeichnungen der sieben Katzen des Neko Cafés bei seiner Eröffnung und nach Blues Weggang genau zu betrachten.

Von diesen ursprünglichen Meistern waren inzwischen nur noch zwei dort, aber Yumi war davon überzeugt, dass auch sie zu Beginn des neuen Jahres ein neues Heim finden würden.

»Das ist das Weihnachtsgeschenk für Yumi«, sagte Nagore stolz. »Glaubst du, dass es ihr gefallen wird?«

»Ganz bestimmt! Wenn ich das so vor mir sehe, kann ich gut verstehen, dass eine Katze das Leben eines Menschen verändern kann«, antwortete er beeindruckt. »Und erst recht, wenn es gleich sieben sind.«

»Weißt du was? Meiner Meinung nach haben diese Katzen mir mit ihrer Weisheit und Spontaneität geholfen, die Mauern einzureißen, zwischen denen ich gefangen war.«

1. KATZENGESETZ FÜRS LEBEN

Sei aus tiefstem Herzen der, der du bist.

(Es ist dir völlig egal, was die anderen denken.)

CAPPUCCINO

2. KATZENGESETZ FÜRS LEBEN

Nimm alles hin, ohne die Ruhe zu verlieren.

SORT

3. KATZENGESETZ FÜRS LEBEN

Gönn dir eine Atempause.

(Nach einem erholsamen Schlaf sieht die Welt gleich viel besser aus.)

CHAN

4. KATZENGESETZ FÜRS LEBEN

Sei aufmerksam, und du wirst sehen,
wie viele Gelegenheiten sich dir bieten.

SMOKEY

5. KATZENGESETZ FÜRS LEBEN

Achte auf dein Aussehen,

denn du weißt nie, wer dich ansieht.

(Und vor allem musst du dir selbst gefallen.)

FÍGARO

6. KATZENGESETZ FÜRS LEBEN

Sei flexibel, aber verlier nicht aus dem Blick, wer du bist.

LICOR

7. KATZENGESETZ FÜRS LEBEN

Hör nie auf, deine Neugier zu nähren.

SHERKHAN

Danksagung

Neko Café würde es ohne die Inspiration durch *Espai de Gats*, das Katzencafé in Barcelona, oder ohne Billy (alias Cappuccino) und Sort (alias Sort), unsere zwei Katzen, die beide so einzigartig und gegensätzlich sind wie Feuer und Wasser, nicht geben. Vielen Dank für die Katzenküsse der beiden Musen.

Danke, Francesc, dass du mich beim Schreiben meines ersten Romans geleitet hast: Ohne deine Expertenaugen wäre Neko Café nicht so, wie es jetzt ist.

Danke an die Agencia Sandra Bruna, besonders an Sandra und Berta, dass sie an diese Geschichte geglaubt haben, obwohl Sandra eher Hundeliebhaberin ist. Ohne euch wäre Neko Café in der Dunkelheit meiner Schublade liegen geblieben.

Danke an Laura Stagno für die Originale der Zeichnungen der sieben Meister.

Und danke an euch, liebe Leser, dass ihr euch um eure Katzen, Hunde, Vögel, Mäuse, Pferde … kümmert. Danke, dass ihr Katzencafés auf der ganzen Welt besucht, um Tiere zu adoptieren oder ihnen zu helfen, um zu verhindern, dass ein weiteres Lebewesen leidet. Jegliches Leben ist heilig. Danke, dass ihr diese Geschichte gelesen habt.

Das Zitat von Eckhart Tolle auf Seite 9 stammt aus: *Jetzt! Die Kraft der Gegenwart*, J. Kamphausen Verlag, Bielefeld, 2014, S. 197, übersetzt von Christine Belam und Marianne Nentwig.

Das Zitat auf Seite 40 stammt aus: *Die Katze des Dalai Lama von David Mitchie, Wilhelm Heyne Verlag, München, 4. Auflage Taschenbucherstausgabe 12/19, übersetzt von Kurt Lang*

Das Zitat auf Seite 33 stammt aus: *LOST CAT (von Anja Rüdiger übersetzt, da keine Übersetzung auf Deutsch).*

Das Zitat auf Seite 59 stammt *von Reinhold Niebuhr, Originaltext: God, grant me the serenity to accept the things I cannot change, Courage to change the things I can, And wisdom to know the difference.*